春《はる》の兆《きざ》し

粋至淳子
Junko Ikishi

文芸社

目次

朝の出会い

春の兆《きざ》しのさす朝だった。

駅を出て会社に着くまでの道を、私はいつもと同じように、とぼとぼと歩いていた。街路地を出て、橋を渡り、人通りの淋しい道路沿いの道を行き、とにかく会社まではまだまだ遠くて、他の人は自家用車だとかバスを利用するのだろうが、私はそれを景色見たさに毎日歩いて通っていた。

太陽の光や、風、空の青さや、雲の竜に似た形、草や花や山の色、様々な鳥の存在。こんな事が、この何かを求めて蠢《うごめ》いている凡庸《ぼんよう》な私の心をなぐさめ、唯一、私の中での日々のつながりを感じさせてくれるのだった。

だが、その日は、いつもと違った光景だった。そんな事があるはずはない、と思うような、でも確かにそれは実在していて、眩しくて、手を伸ばしても多分届かない、届いてもまたすぐに離れてしまうに違いない、そんな切ない、だから私はそれを一瞬の奇跡と信じて、いつまでも見つめ続けていた。

それは人通りの淋しい道路沿いの道に差し掛かった時に、起こった出来事だった。今までここでは耳にした事のない微《かす》かな音が、突然にもサラサラと私に流れてきて、一瞬にして私をとりこにしてしまったのだ。私はどうしても見てみたいという心境にかられて、大胆にもその音のするフェンス側に近寄り、フェンスごしに、木々の葉のすき間を通して中を覗《のぞ》いてみた。するとそこはだだっ広い公園で、それからその真中で、無心にギターを弾き奏《かな》でる一人の青年の、ああ、何と美しい後ろ姿なのだろう。青年の身に満ちあふれる情熱と力強さ、やさしさ、明るさが零《こぼ》れるように音となって私を魅了し、全てが目新しく、特別な事に思え、しばらくの間は呆然とそこに立ち尽くしていたのだった。

道路沿いの道から少しうちに入った小路を通って、そこにある公園の出入り口からそっと足を忍ばせると、音はもっとまじかになって聞こえてきた。私は出入り口近くのべンチに座して、その彼の奏でる音楽に聞き入っていた。

「おや」

とふと見上げた先にあった木に目を見張った。見た事のない幹の模様だ。不思議な感じのする木だった。やさしい音色に包まれて、私自身もやさしくなれる。次から次へと導かれ、出会っていくこの偶然の成りゆきに、私は好きな事に触れる瞬間が、どれ程人生に於て素晴らしい事であるのかを、再度彼に教えられたかのような気持ちだった。

それから一時間後の事だった。彼はギターを弾く手を止めて、それを持ったまま突然勢いよくクルッと向きを変えると、今度は私の方へと歩き始めた。私は彼の顔をまともに見られた感動と、また自分の存在を知られてしまったという戸惑いとで、何とかバックからいつも持ち歩いているスケッチノートを取り出すと、急いで目のやり場をノートへと注いで、じっと彼がそこから去るのを待つのだった。だが、そのうち私の横を通り過ぎて何処かへ行ってしまうだろう彼の足は、一旦私の背後で止まり、一瞬ノートを覗き込む格好をして見せたと思った時にはもう、私の隣に座していた。それは私と捺《なつ》ちゃんとの初の顔合わせ、思いもかけず私に訪れた、偶然の出会いだった。

捺ちゃんは最初無言でぽろんぽろんとギターに触れていたが、次に私の顔を見てにっこりと微笑んだ。そしてギターをしっかりと持ち直すと、演奏を始めた。やさしくて軽やかな曲と繊細な捺ちゃんの表情が次第に私を酔わせ始めた。ふっくらと伸びかけた天然パーマの髪、しなやかな白い指使い、どれを取っても魅力的だった。曲は途中からテンポの早い楽しげな調子へと変わり、なだらかな終わりを見せた。

曲が終わると捺ちゃんは私の顔を見て、

「初めまして、僕は槙田《まきた》と言います」

と言った。私は内心ドキドキとした。

「すみません。私、邪魔をしてしまって」

と私がドギマギして言うと、

「いえ、ただの僕の気分転換ですよ。休憩しようとして立ち上がったら君がいたから。いつからここに」

と案外捺ちゃんは爽やかだった。

「一時間程前からです」

「誰かいるなあとは思ったけど、そんな前から。絵を描いていたのですか」

「いえ、そんなんじゃなくて、あなたの音楽を聞きに。ごめんなさい」

「いえ、そんなのは別に。こういう音楽は好きですか」

「はい、とても感動してしまって、来ずにはいられなかったくらい」

「僕も好きだな、この曲。いろんな事が想像出来たり、やさしいんだ。実は明後日《あさって》大会があって、それで練習をしていたんです。明日もここに来るつもりではいるので、もし良ければまた聞きにいらして下さい」

と捺ちゃんは気さくに喋った。とその時、あの木が急に私の目に飛び込んできて、私は何故だか、その木に勇気づけられるようにして喋り始めていた。

「私、思うんです」

捺ちゃんは黙ってそんな私を見た。

「人は道を歩いて人と巡り会う旅人なんだと思うんです。いろんな文化を渡り歩き、また人と巡り会う。迷い道、真の道、横道とか、その何処かで求め合う時、必ずその何かに巡り会う一瞬の奇跡ってきっとあるんだと思うんです。私もずっと何かを求めていました。それが何であるのかは不明です。だけど、あなたが聞かせてくれた音楽は、私にはとても特別なもので、だからそれがすれ違いでも心に留まり、それってとても素敵で、一瞬の奇跡なのかなって思ったりしました。一人で舞い上がっているだけなんですけれど」

私がそう言って捺ちゃんを見ると、

「でも、この曲、師匠ので、僕はまだ」

とちょっと捺ちゃんは下を向いてみせた。

「あなたの曲を、私に聞かせて下さいませんか」

と私は強気に言った。

「でも、僕が作った曲なんて聞かせられないよ。恥ずかしいよ」

と捺ちゃんは早口に照れた。

「限りない命の中で、目標を持って頑張れば、きっと自分の大切な何かに出会える。あなたに教えられたんです、終わらない夢。私はそんなあなたをキャンパスに描いてみたくなったんです。だから是非、あなたの曲を私に聞かせて下さい。お願いします。聞いてみたいんです」

「いつから絵を」

と捺ちゃんは私の持っているスケッチノートをちらっと見て言った。

「そんなに大した物じゃないんです。描き始めたのも遅くて、だけど、ずっと描きたいとは思っているんです」

と私はちょっと照れていた。

「君がどんな作品を描くのか、期待してるよ。十年後でもいいかな」

と捺ちゃんは驚くような事を言った。

「え」

「招待するよ。奇跡が起きて、まだ君が僕の音楽を待っていてくれるのなら、そうだな、君の誕生日はいつ」

「三月十六日です」

「じゃあ、十年後の三月十六日に、僕のライブの一番前の席を空けておくよ」

と捺ちゃんは気長な事を言った。それはまだ、これから歩き出す私に向けての思いやりの言葉のようにも思われた。

「十年後までデビューしないつもりなんですか」

と私は笑った。捺ちゃんも照れた。

「君は不思議な人だね」

と捺ちゃんはポロッと言った。そして、

「僕の事を重んじすぎている」

と笑ってみせて上着のポケットから名刺を一枚取り出し、その裏に住所と電話番号とフルネームをペンで走り書きして私に渡してくれた。私もスケッチノートに同じように書いた後、未来の奇跡の日付を入れて破いて渡した。

「実吉美絵《さねきみえ》さん。美絵ちゃんか」

と捺ちゃんは言った。

「槙田捺舞《まきたなつむ》さん。捺《なっ》ちゃん」

と私達はそれぞれの名前を読んで微笑み合った。

「会社の帰りに水・木曜日とギター教室を開いているんですが、もし良ければ、そっちの方にでも連絡して下さい」

と捺ちゃんは言ってくれた。

「ありがとうございます」

と私は頭を下げた。

「気を付けてね」

と捺ちゃんは言って、ベンチから離れていった。私も背を向けて歩き始めたが、ふとベンチの横の一本の木が、私の足を止めた。私は公園の中央に戻っていく捺ちゃんの背中を見ていた。そして、さも呼び止めるかのようにして叫んでいた。

「あの、捺ちゃんは私の希望です。捺ちゃんの意気込みを信じています。私も、捺ちゃんのように、少し風変わりな木になりたいな。明日、また来ます。さようなら」

と私は頭を深々と下げて後退《あとずさ》りをしながら、捺ちゃんから遠ざかった。捺ちゃんは私の言葉に背中で苦笑いをして、

「どんな木だって」

と振り向いた。私はそんな捺ちゃんを見ながら、公園の茂みの奥から天高くそびえ立つ一本の、細く幹の斑《まだら》な木を指さした。そして捺ちゃんに笑いかけて、手を振って軽やかに駆け出した。

夜道を抜けて

明朝、私が公園に行くと捺ちゃんはギターを弾いていた。私がベンチに座ると、捺ちゃんは身体の向きを私に正面付けて、

「やあ」

と言った。私は頭を下げた。

「君に聞いて欲しい曲がある」

と捺ちゃんはそんな事を言って私を幾分驚かせたが、私はそれに負けまいと、そうする事が当然であるかのようにうなずき返した。捺ちゃんはちらちらと私を見ては手を動かし、次第に曲の中へと身を溶かしていった。目をつむった捺ちゃんの仕草が私には美し

すぎて切なかった。この限り無き音色は、ベンチの下に広がる一面の春の草花が、命の全てを尽くして瞬《まただ》く間に燃焼してしまう姿を、また零《こぼ》れ輝く緑の泉が注がれ潤《うるお》っていく幻想的な世界を、私の脳裏に焼き付けてしまった。まるで伝説の人よ。

どれ位の時間が経ったのだろう。私は未だ止めようとしない捺ちゃんを残して、練習の邪魔にならないようにと黙って頭を下げてそこを出ようとした。捺ちゃんはそんな私に気付き、

「待って」

と声をあげた。私は振り返った。

「ごめん、遅くなって。会社に行くんだろう」

と捺ちゃんは言った。私はうなずいた。

「ここから少し遠いから急がないと。H町のJ会社の近くなんです。昨日遅刻したから、今日はちゃんといかないと」

「また、会えるかな」

捺ちゃんは私を見た。

「一度、遊びにおいでよ。明日からはここには来ないから」

「いつ」

　捺ちゃんは少し顔を明るめにして、

「うん、この頃は外食を止めて、家で食べるようにしているから、六時半か七時には家にいるから」

と言った。

「分かりました。じゃあ、今日行きます」

と私は冗談交じりに笑った。捺ちゃんはちょっと考えて、

「今日は何時になるか分からないけれど、仕事が終わったら真っ直ぐに帰るよ」

と言った。

「だけど、明日、大会でしょ。練習は」

「うん、どうしよう」

と捺ちゃんは笑った。

「もう、余裕みたい」

私も笑った。

「そんな事は無いのだけどさ。じゃあ、また後で」

と私たちは離れた。

＊

その晩の事はどうかしていた。

「何しているのかな、私」

と自身に問い掛け、

「馬鹿だな。本当に何をしているのだろう」

と夜道を歩きながら、今ここにある自分が自分で無いような気がしていた。そうやって問い掛けている自分も、また自分の足先を見つめている自分も、彼に向かっている足取りも、冷たくなった頬も、全て別の人格の自分で無い自分。けれども何故か、こうせずにはいられなかった。

仕事を終えると私は、昨日教えて貰ったばかりの住所を頼りに捺ちゃんの家を探した。何のためらいも迷いも嘘の如く、一時間も二時間も同じ所を行ったり来たりして夜の風に吹かれていた。とても不思議な気持ちで、純粋に会いたくて、ただそれだけで周りが見えなかった。

「昨日、会ったばかりの人」

と口に出してはみても、別に戸惑いはなかった。

道路に沿った道ならば、まだ車のライトで照らされるが、小路に折れるとそこは途端に電灯の無い静かな場所になる。暗いアスファルトの道に月明りが程よく足下を照らしてくれる。そのうちまた別の道路に出る。車が通る度に障害物がはっきりと分かる。そして私はある小さな住宅街へ入っていった。アパート名を確かめながら捺ちゃんの住むA舎の一〇一号室までどうにかたどり着くと、しばらくの間は玄関前に立っていたが、二階から住人が階段を下って来たのを機に、住宅街の入り口まで移動した。時折車が行き交うのを見送りながら、暗闇の寒さを幸運にして、私は何度も時計を見ては捺ちゃんの帰りを待った。

意外にも早くそこにグレー色の捺ちゃんの車が私の横を通り過ぎた。捺ちゃんはすれ違い様私に気付くと、少し驚いたような、それでいて明るい表情で私と目を合わせ、駐車場まで入っていった。私が待っていた場所から捺ちゃんのアパートまでは一分もかからない所にあるが、私は込み上げてくる喜びを落ち着かせるため、決して急ぐ事無く車の後を追いかけて歩いた。捺ちゃんは背広姿で、車から降りると足早に私へと向かった。

「すみません。本当に来ちゃった」

と私は捺ちゃんに近づいた。

「ゆっくり話したくて、駅にでもいたら、こっちに来ないかって言うつもりでいたんだけど、ここにいたから」

と捺ちゃんは嬉しい発言をアパートの外で立ち止まった私に言った。

「今日は本当はギターの練習をするはずでは」

「うん、そうなんだけど、あの木の事、君が教えてくれたあの木を見ていたら、なんか練習どころじゃないんだ」

「ただものじゃないでしょう。まるで捺ちゃんみたいです」

「それは大げさだよ。でもいいよ、他の人と同じよりも」

と捺ちゃんはそう言いながらも腕組みをして考え込む仕草をしていた。

「僕は君が僕のライブの来る度に、君に聞かせるよ。タイトルは何にしよう」

と捺ちゃんは言った。

「何を聞かせてくれるんです」

「うん、まだ未完成だけれど、今朝、最初に君に聞かせた、あの木が僕に与えてくれたものを。あれからイメージが湧いて作ってみたんだ」

「だけど、もう十年後までは聞かせて貰えないのでしょう」

と私が捺ちゃんを見ると、

「そう」

と捺ちゃんは冗談っぽく包み込むような笑顔で照れた。

「練習は？」

「そのうち」

と何度も笑った。そして捺ちゃんは、

「ちょっと待ってて。二、三分待っていた方がいいかも。中散らかっているから」

と自分だけアパートの中へと入っていった。

　冷たい夜風が私の鼻の先端を赤らめた。

「これは夢かしら」

と私は思って、アパートの外で捺ちゃんが戸を開けてくれるのを待ちながら、遥か彼方のオリオン星座を眺めては、自分の部屋の窓から見るオリオン星座を思い出し、捺ちゃんの部屋に入れるという深い喜びを何とか落ち着かそうと、星座に向かってうちにこもる熱い息をフーと吹き掛けていた。温かい灯火の差す捺ちゃんのアパートに、星が覆い尽くすように幻想的に鏤《ちりば》められて、私はそこに夜道を抜けてたどり着いた。戸の奥からパシャパシャとゴミを片づける音が聞こえ始める。そして、しばらくして捺ちゃんは少し戸を開けて、

「いいよ」

と呼んでくれた。

「こんな事じゃ片づけておくんだった。人が来る時はもっと奇麗なんだよ。この頃は来なくなって、部屋の掃除もしていない。埃《ほこり》が付くかもしれないけれど、それでも良ければ上がって」

と捺ちゃんは私に一足しかないスリッパをあげて、白いソックスをそのまま床にさらして歩き出した。

捺ちゃんのアパートは玄関を入ればすぐにキッチンになっていて、そこには今夢中になっているギターが三つ、ケースに入れて置いてあった。その奥の洋間には炬燵《こたつ》、本棚、ビデオ等が、壁一面を覆い尽くすようにして置かれてあり、捺ちゃんはまたその奥の和

式の部屋に一直線に入っていった。私が半分開かれた襖《ふすま》からその部屋を覗くと、そこから仄《ほの》かにお香が漂ってきた。

「うん、今から焚《た》くから」

と捺ちゃんはちらっと私を振り返り見て、白い布を被せた小さな仏棚らしきものに、水と線香を添えて手を合わせていた。それからくるりと向きを変えて、炬燵へと移動した。突っ立っていた私にも、

「どうぞ、座って」

と捺ちゃんは私に座蒲団《ざぶとん》をすすめた。捺ちゃんは近くにあった電気ストーブのスイッチを入れて、それを自分の方へと引き寄せた。

「驚くかもしれないけれど、仏教を始めてみないか、本格的にやってみろよ。って言われているんだ。今、袈裟《けさ》の衣を着る資格を取るかどうか迷っていて、資格を取るには家の宗派を捨てなくてはならないから、まだ結論を出すには二、三年はかかるんだ」

と捺ちゃんは寒そうにそんな事を話し出した。

「やってみたらどうですか。私、見てみたいなあ」

捺ちゃんは私の言葉に含みのある良い顔をして、近くにあったペンを額に当てて、考

え深い大きな目を見開いて、その当然あるべき人間の意欲を私に見せてくれた。目は微かに左右に動き、希望の輝きで満ちていた。

「月に一度、そのお坊さんのお茶を頂くんだけど、その度にもういい歳だから、まず嫁さんを見つけなくっちゃな、って言われるんだ。僕もそうですね、なんて冗談めかして言うんだけど、でももうすぐかもしれないんだ」

と捺ちゃんは少し視線を斜めに落として言った。

「じゃあ、もうここへは来られなくなりますね」

と今度は私ががっかりして捺ちゃんから視線を落とすと、

「まだ決まった訳じゃないし、そんな事気にしないで連絡してよ」

と捺ちゃんは言った。そして私が顔を上げると、

「出会いって素晴らしいね」

と捺ちゃんは言った。そして何も言わない私にもう一度向かって、

「出会いって素晴らしいね」

と繰り返した。私はうなずいた。

「僕は全然書けないんだけど、そういうお坊さんとかに頼んで、掛け軸を書いて貰うん

だ。言うんだよ、十年前はこんな字は書けなかったって。十年後では随分と変わってくると思うんだ。ちょっとあれ見て」

と捺ちゃんはキョロキョロと壁に張り付けられた物を見回している私に、襖を全開にして、和室の壁に掛けられている軸を見せてくれた。

「天の原　ふりさけみれば春日なる　三笠の山に出でし月かも。って書いてあるんだ。僕は遣唐使《けんとうし》が好きで、阿倍仲麻呂を書いて貰ったんだ。自分ではあれ、天井近くに掛けてある色紙がそう。僕等がやっているのはアコースティックギターというものなんだけど、師匠の岸さんには僕を含めて三人の弟子がいて、その一番弟子のギタリストの森川さんが言っていた言葉で、自分で良い言葉だなあ、と思って書いてみたんだ」

「何て意味ですか」

「うん、僕が書いたのは、無心で音楽をやっていれば、必ずその音色にその心がにじみ出てくるって意味」

「私は漢文は分からないけれど、凄いと思います」

「僕だって勉強している訳ではないから滅茶苦茶だよ。墨で書かれた漢文が好きで興味がある。自分でもやりたいなあとは思っているんだ。この前も展覧会を見に行って、後から手紙を出したんだ、感想の。それから返事が来て、五十分か六十分か知らないけれど、それから話すようになって。ちょっと待ってて」

と捺ちゃんはそこから立ち上がり、和室の小さな本棚の前で、立ったり座ったりしながら本をぺらぺらと捲《めく》って、そのまま少し猫背がかった格好で戻ってきた。

「それがその時のその人の本なんだ。これ見て、『天地我子』悪い事はしてはいけない。人が見ていなくても天が見ている。天が見ていなくても地が見ている。地が見ていなくても私が見ている。私が見ていなくても、自分が見ているではないか、という意味」

「良い言葉ですね」

「でしょう。良い言葉でしょう。他にもいろいろあるよ。言葉は人を育てると言うけれど、本当だな」

と捺ちゃんはうなずきながらしみじみと言った。

「あのポスターは」

「あれは大学教授」

「じゃあ、机の横に貼ってある捺ちゃんと一緒に写っている人は」

「彼は」

そう言って捺ちゃんは机の横まで移動して、そこで胡座《あぐら》をかき、か細い声で口を動かし始めるのだった。

「由《よし》ちゃんとは十年位の仲なんだ。役者で岐阜と名古屋に来た時は、捺ちゃん飲みに行こうって電話をくれるし、僕の方が年下なのに尊ばれているというか、前、飲みに行った時に酔っていて、由ちゃんって出ちゃって、ごめんなさい。ってすぐに謝ったんだけど、いいよ、由ちゃんって呼んでよ。って言うものだから、それからはずっと。ドラマ見たよ。ああ、見てくれた。というような会話をしてさ。売れてないからかもしれないけれど、普通の胸キュンのドラマをやっている人では忙しすぎて、友達として大切にしてくれないと思うんだ。だけど由ちゃんは、歌手のI氏のショウ、月に一度はやるんだけど、呼んでくれて、スタッフのいる音響を調節する部屋があるよね。そこの窓越しでただで見せて貰うんだ。この頃はこっちの方に来ていないみたいだけれどもさ」

と捺ちゃんはじっと見つめている私に言った。

「この上の写真、砂子さんは歌舞伎役者で、この間飲みに行ったんだ。誰か芸能人で結婚相手として紹介して下さいよって言ったら、何を言っているのですか。馬鹿言ってるんじゃないですよ。って言われた」

と捺ちゃんはおかしそうに笑った。

「捺ちゃんと同じように、レベルが高いんでしょうね」

「ううん、僕なんかよりもずっと高いよ」

と捺ちゃんは首を横に振るのだった。私もそれを見て首を横に振った。

「僕はいろんな人を見る度に、僕の中で世界が広がっていくんだ」

と捺ちゃんは何処を見ているのか、上の方を眺めていた。

「捺ちゃん、最後に一つ聞かせて下さい」

「何」

「音楽って何ですか。捺ちゃんにとって音楽って何ですか」

捺ちゃんは少しの間視線を下宙に漂わせ、目を輝かせながら言葉を探していた。

「音楽は心を豊かにするもの」

心と心が話しているつもりだった。捺ちゃんはそれが確かな事のようにうなずいて、
私をもう一度しっかりと見ながら、

「音楽は心を豊かにするもの」

と言った。

*

帰り掛けに捺ちゃんは私を引き留めた。

「ジーパンをあげるよ。僕がアメリカに行った時に買った物だけど、ウエストが小さくて入らなかったんだ。ちょっと待ってて」

と捺ちゃんは和室の押入を開けて中をかき回し始めた。

「確かここに入れておいたはず。あれ、おかしいなあ」

と捺ちゃんは必死になっていた。

「また今度でいいですよ」

と私はそんな捺ちゃんを眺めながら言った。

「そう、じゃあ、探しておくよ」

と捺ちゃんは手を止めた。

「送っていくよ」

と捺ちゃんは言った。玄関を出る所で、

「埃が付いているかもしれないよ」

と捺ちゃんは私の足下を心配した。

「埃が付いていたら、それをケースに入れて大切にしまっておきます」

と笑う私に、捺ちゃんは本気で顔を傾けて、

「不思議な人だ」

と言った。私が車に乗る際、

「お邪魔します」

と言うと、

「邪魔するなら乗らないで」

と言ってたじろぐ私に冗談っぽく微笑んだ。私にとって捺ちゃんの温かい人柄は、何処を探してもあるものではないだろう。

　捺ちゃんは車内ではどちらかというと、身体を助手席の方へ傾かせて運転するのが特徴だった。そして常に静かに語り掛けてくれた。私はそこで捺ちゃんがパブ等で生演奏が出来たらいいなあという夢を持っている事を聞かされた。夢は尽きる事なく広がっていた。

晴　天

　雨がぱらついていた。捺ちゃんが駐車場に入ってきて、右手でアパートの前に立っている私に合図のような挨拶をした。頭を少しカクンとさせて、あれが格好良い秘訣なのだろう。

「散らかっているよ」

とドアのノブに手を掛けて、

「どうぞ」

と言った。

「なんだ、聞いてくれないの。ギターの大会の結果、どうだったと思う」

と捺ちゃんは私が約束も無しに訪れた事には少しも触れようとせず、私を笑顔で迎えてくれた。

「うーん。優勝ですか」

「違うよ。でも、準優勝だった」

「凄いです」

「ありがとう。僕は順番が一番最後でね、多分、参加者の中で一番長く緊張していたんだろうな。その分目立ったと思うけど。トロフィーがあるから見せるよ」

と捺ちゃんは靴を脱いで部屋に上がった。

私は靴を脱ぎながら捺ちゃんを見た。捺ちゃんは炬燵周辺を片づけていた。捺ちゃんが無造作に脱いだ靴を私が整えて上がると、すぐに捺ちゃんは玄関にやって来てそこを上から盗み目の様にして覗き込み、そして私の顔を見て、

「僕のも揃えてくれたの」

と言ってくすっと笑った。それから台所のコンロ台の鍋に手を掛けて、

「僕の作った味噌汁で良ければ、でもお腹壊すかもしれないね。僕は葱《ねぎ》がとても好きで」

と黒色の高さ一メートル程の冷蔵庫を開けて喋った。捺ちゃんはまな板の上に二本の葱と、またラップに包んであるチンゲン菜をその近くに置いた。

「ジュースあるけど、どれにする」

と捺ちゃんが聞くので、私は何があるのか分からなかったが、

「じゃあ、オレンジジュース」

と言ってそれを出してもらい、捺ちゃんもレモンジュースを取り出した。

「昔はよく食べに出掛けたけど、この頃は極力自分で作るようにしているんだ。今日は餃子の予定だったけど、だけど行こうか」

と捺ちゃんは私を見た。

「え、何処に」

私は捺ちゃんの顔があまりにも甘いマスクを被っていたので、捺ちゃんが何を言っているのかよく分からなかった。

「何か食べに。ジーパン買いに行かなきゃ」

と捺ちゃんは笑って言った。

「え、アメリカ製じゃなかったんですか」

と残念がる私に捺ちゃんは微笑みを増した。

「でも、今日はあまり時間が無いから、行きたくないです」

私がそう言うと捺ちゃんは一瞬黙って、机の角に置いてあった袋をそっと持ち上げた。

「食べなよ」

それはまだ封の切っていないブドウロールパンだった。私達は炬燵に落ち着いて軽い夕食をとり、そしてそれが終わると捺ちゃんは、

「ほっとするよ」

とふとそんな事を突然言った。

「え」

私は捺ちゃんを見つめた。

「君のようににこにこ喋ってくれる。女性ってのは細やかさと笑顔だと思うんだよね。僕は社交的で交際範囲が広いから、結婚相手は仕事をしている人がいいんだ。会社とギターの生活だと、家にこもる人とは合わないんだ」

といきなり捺ちゃんはそんな事を話し出した。

「昨日の晩、見合い話を断ったんだ。向こうの両親に凄く気に入られちゃって、槙田君、早く娘にプロポーズしてやってくれって電話があって、喉の先まで言葉が出掛かっていたのだけど、男女間の縺《もつ》れで起きた殺人事件のニュースを聞いた時に決心がついたんだ。

君はいつ頃結婚したいの」

と捺ちゃんは私を見た。

「私ですか。私は今、二十歳ですけど、出来れば二十二歳頃にはしたいかな」

「二十二ってもうすぐじゃない」

「うん」

何故か捺ちゃんは凄く驚いているふうだった。

「今までレベルの高いものを求めていたのかもしれない。けど、最近、普通の子でもいいかなって思ってる。三十四だもの。お見合いで結婚って、期間を長くすれば相手がよく見えてくるし、だけど見えると迷うんだ。離婚は駄目だと思うんだ。期間を長くすれば結局一緒だと思うんだ。考えると分からなくなるんだ」

と捺ちゃんは下を向いて困っていた。

「離婚を考えているという事ですか」

「え、どういう事」

捺ちゃんの目は先程よりも増して大きく見開かれ、驚きと焦りの表情を露《あらわ》にしていた。

捺ちゃんがこれ程までに自我を乱すとは、穏やかな性格からは信じ難かった。人は幸せを求めて今の不安から抜け出そうともがくのは当然の事なのだろう。

「結婚はしたいけれども、別れてしまうって思っているのかなあと思って。捺ちゃんなら大丈夫なのに。私の兄なんて馬鹿は嫌だと言うんです。私は馬鹿だし、結構傷つく。だけど私は独身でもいいいですけど。寂しくなったら外国に行くかも。なんかそうすれば救われそうな気もするし」

「それを言っちゃ、馬鹿よりは利口がいいし、ブスよりは美人がいい。切りがないよ。音楽もやっていてお嬢様で、でもそんなのより人柄で決めた方がいいと思い始めているんだ」

「出来るならずっと一緒にいたいと思う人と結ばれたいけど、私は自信ないな。ね、捺ちゃんは恋をした事ってありますか」

「あるよ。いい物がある」

「何」

捺ちゃんは本棚の下段からアルバムを取り出した。

「初恋は高校生の時で、ここに写っているのがそう」

と捺ちゃんはアルバムを開いて見せてくれた。

「僕は何処にいるでしょう」

捺ちゃんにそう言われて私は捺ちゃんを探した。学級写真の一番後ろの真中に、今より十五年程若かりし捺ちゃんの凛々《りり》しい姿が研ぎ澄まされた空気の下にあった。

「大学時代の物もあるよ」

と今度は大学時代のアルバムを取り出して私に渡してくれた。私が開けようとすると、

「紙、折らないでね」

とページの区切りごとに敷かれた薄紙を心配していた。私が怖がって躊躇《ちゅうちょ》していると捺ちゃんはそれを自分で開いて私に見せてくれた。アルバムの最後のページには仲間からの寄せ書きがあり、そこには「捺ちゃん何処に行ったんや」とアメリカに行っている最中の言葉がたくさん書き綴ってあって、私は大学時代の捺ちゃんの世界を思い描いていた。近くには実物がいて、とても贅沢な気分だった。

「失恋した事があるんだ」

と捺ちゃんは教えてくれた。

「聞かせて貰えますか」

と私が捺ちゃんを見ると、

「うん、いいよ」

と捺ちゃんは案外たやすくそれを承知した。捺ちゃんは静かに語り始めた。私はアルバムから手を離した。

*

「『自分で決めたの』『うん』と彼女はうなずいた。『じゃあ、もう一度だけ約束して欲しい。この頼みを聞いてくれたら、君の決めた通り別れるよ』彼女は悲しみを堪《こら》えてうなずいた。『もう一度だけ会って欲しい。一九九九年のノストラダムスなんて僕は信じないけれど、地球がひょっとしたらどうなるか分からないから、一九九八年の十二月六日か七日に会って欲しい。自宅の方に電話をして欲しいんだ。二人が別れた後、どのように生活しているか確かめたいんだ。気になるし、今の僕はとても気になると思うんだ』

彼女は黙ったまま首を大きくうなずかせた。

『じゃあ、最後の食事に行こうか』って車に乗ったんだ。車の中で彼女が話し始めて『先輩、あの時は』なんて喋り始めて、僕はそんなふうに言われると涙が込み上げてくるから、突き放すようにきつく『分かった、もういい』って喋らないようにしていた。星空を見上げて、放心状態で、その時は涙も出なかった。夢じゃないかと思った。

彼女も悩む時期があったんだ。文化祭の取り組みで忙しくてさ、会いたくても忙しくて会えなかった。お神籤《みくじ》を結び付けるような形で『何処そこで会いませんか』とか『いつ頃がいいですか』って。後輩でさ、久しぶりに会った時『食事に行こうか』っていつも通りに言ったら『先輩、もう駄目なんです。先輩、違うんです』ってその時なんか雰囲気が違って『きた』って思った。

僕は吹奏楽部の部長で、彼女は甘えたがっていたのだけど、部室内では先輩って呼びなさいって言っていたし、厳しかったんだ。由緒ある部で昔から厳しい所だった。

学校に行くと会ってしまうし、大学を休学して、出なきゃいけない授業だけは親友の聖哉が引っ張ってってくれたけど。『もう、駄目だ』って言ったんだ。『何言ってるんだよ』って叱ってくれたけど、その頃お酒やってさ、毎晩飲んでた。『聖哉、お前にだけは言っておく。俺はこれから失踪《しっそう》する。学校で槙田が失踪したぞ、と騒いでも、決して探さないでくれ』って電車に乗って、静岡に行ったんだ。兄の所に。『どうしたんだ』って驚いていたよ。お金くれてさ『温泉にでも行ってこいって』僕はまだ引きずっているんだ」

捺ちゃんはしんみりと語ってくれた。それは捺ちゃんの甘く酸っぱい青春の恋だった。私とは異なった世界が、まるで映画のスクリーンを見ているかのように自然に流れていた。私は捺ちゃんの大学時代のアルバムを見ただけだったが、不思議な世界を見せられた気分だった。容姿、物の考え方、捉え方、一つ一つの言葉でさえも、捺ちゃんは確実に私の知ることの無い青春を一歩一歩歩んでいた。

「聖哉の写真があるよ。髪の毛の無いのしかないけど、昔はあったんだよ」

と捺ちゃんは最近撮ったらしい、聖哉さんと一緒に写ったものを見せてくれた。その写真の中の捺ちゃんは何故か、私の知らない人だった。

「捺ちゃんのこんな笑顔、初めて見た」

と私は言った。

「そんな事は無いよ」

と捺ちゃんは写真と同じ笑顔を私にして見せたが、私は尚も首を横に振った。

「でもやっぱり、こんなのは初めて」

捺ちゃんはそんな私に静かに笑い掛けた。

「その写真の目は腫《は》れているだろう」

私はコクリとうなずいた。

「去年の九月、ちょっと嫌な事があって、別に泣こうと思った訳ではないのだけれど、聖哉の家に遊びに行った時、聖哉の前で話しているうちに泣けてきちゃったんだ。あるだろう、そういう事って」

と捺ちゃんは私を見た。わたしはうなずいた。

「いくらこの大学に入れたとしても、聖哉に出会わなかったら、決して良かったとは思えないもの。大学に行けたから良いとかじゃなくて、そういう出会いがあったからこの大学で良かったと思えた」

捺ちゃんは襖にもたれながら喋った。

「聖哉はエリートだよ。ただ物凄くやさしいんだ。人が活動している間も本屋でアルバイトをしていたし、突然、捺舞、今からここの貿易会社に面接に行ってくるな。って新聞の広告だよ、広告に載っていた所に行って、直接社長と面接して、今ここで雇うか雇わないか決断して下さいって言ったんだ。じゃあ、ちょっと席を外してくれって、それで受かったんだ。聖哉は一年間アメリカへ行っていたし、英語もぺらぺらで勇敢なんだ。

僕は聖哉とは違って、駄目な可能性が低ければやらないんだ。聖哉が言うには、もし、お前が車椅子に乗っているとする。九十九パーセント治らないとする。しかし残りの一パーセントはリハビリを受ければ治る可能性があるとする。しかし、その可能性というのはとても危なくて、ひょっとしたら死ぬかもしれない。お前はどうする。一パーセントの可能性に賭けるか。って言うんだ。聖哉はそれに立ち向かう人だよ。けれど僕は違う。度胸は無いんだ。いつも聖哉に、何言ってんだ、お前、って聖哉の場合は慰めると言うよりは怒るんだけど、僕は励まされるんだ」

と捺ちゃんは喋った。ふと、それを聞いているうちに、私は芥川龍之介の【蜘蛛《くも》の糸】という小説を思い出した。それから、大きな蜘蛛は、何か大きな事件が起きる前兆、決まって必ずそこに現れると、ある知人が以前話していた事も思い出した。

蜘蛛は御釈迦様には絶対的な信頼感と、また特殊な能力は強い力を、強い力はやさしさを生み出し、常に御釈迦様の力となり支えになっていたと私は小説を読みながら思っていた。そしてその小説の力を借りて言うならば、たとえて捺ちゃんが御釈迦様なら、聖哉さんは蜘蛛という、二人は強い絆で結ばれているように感じたのである。それだけ聖哉さんという人は、私に強く突き進んでいくイメージを与えていた。

「捺ちゃんの写真、一枚ほしいな」

「僕って本当、格好良いのが無いんだ。でも、僕の写真なんか貰っても仕方がないんじゃない」

「忘れたくないんです。捺ちゃんとの出会い」

「あ、そうか」

　捺ちゃんは本棚の下の箱に入っている、まだ整理されていない山積みの写真を手元に引き寄せて、一枚一枚見た後、その中から旅先の写真を私に渡してくれた。しかし私はイメージが合わなくて、また今度貰う事にさせて貰った。

「あ、そうだ、これ、忘れないうちに」

と捺ちゃんは本棚に置いてあったカセットテープを私にくれた。

「今、広めているんだ。本当は勝手に広めてはいけないのだけど、森川さんの事務所まで行って、僕は皆にこの音楽を広めるからねって許可貰ってあるから」

「どんな音楽ですか」

「ビデオがあるから見せるよ。見て、これがこの前のライブの写真。僕は写真を撮るのが凄く好きで」

と捺ちゃんは何枚にも亘って撮った演奏シーンを見せてくれた。途端に炬燵の上はミニアルバムで一杯になった。

「このテープを聞いたら、感想を送ってあげてくれないかなあ。槙田がいいって言ってるって書いて、ライブにはなかなか行けないけれど、頑張って下さいっていうような事をさ、槙田がいいって言っているって書いといてよ。喜ぶよ」

そして私が承知すると、

「僕は今、認められなくても、五十年、百年先でもいい。その人の感性がとても好きで、その人と会場に行って、リハーサルから何から何までするんだ。大阪に行ったり、静岡に行ったり、長野の飯田に行ったりしている。聞きたい人にだけ聞かせるだけでいい。売れるための曲ではなくて、売れなくてもいいから、自分の音楽をやっていきたいんだ」

と捺ちゃんは言った。

「捺ちゃんのギターが聞きたい」

と私が言うと、何故かしら捺ちゃんはとても照れて、

「今、手が冷たくて動かないんだ」

と私に手を近づけてその場しのぎをした。

「捺ちゃんのコンサートなら行きますよ」

と私が続けて言うと、

「もう、ギターを触らない事にした」

と捺ちゃんは言って、

「どうしてですか」

と問う私に、

「やれやれ」

と首を傾けて笑った。

　私はギタリストの森川さんの演奏をビデオで見させて貰った。捺ちゃんを見ると、捺ちゃんもそんな私を見た。懐かしさが染みてくるような曲だった。見知らぬ喫茶店の一面に敷かれた窓ガラスごし、私は真っ白い世界を見渡していた。行き倒れの人に手を差し伸べる人の姿を私は想像して、昔あった今はもう無いやさしさを思い、もどかしくさまよっているのだった。捺ちゃんもまた思い浮かべていた。この曲の中に、飯田から岐阜に帰ってくる途中の、車内から眺める夕日を、空よりも山の方が広い景色の中での夕日を、いつも不思議と思い浮かべるのだそうだ。

捺ちゃんは壁に頭を付けて、その音楽に酔い始めていた。そして、

「森川さんの音楽に出会わなければ、今の僕はどうなっていたのだろう」

と上を向いて溜め息混じりにつぶやいた。

「捺ちゃんは、まるでもう人の生き方の全てを知り尽くしている人みたい」

と私はふとそんな事を思って、捺ちゃんに言った。

「え」

「一人一人この世が心で動いているとしたら、その全ての人の心を捺ちゃんは知っている人なんだなあっと思って」

「うん、冠婚葬祭などは、お世話になった人には必ず、お礼だとか、小さい物でいいのだけど、しなくてはならないし、お葬式にも出なくてはならない。これはよく親が言っていた事なんだけれど、その代わりにそういうお金は凄く飛んでゆくよ」

と捺ちゃんはうなずきながら、ちょっと的外れな応えをした。捺ちゃんの知る世界に様々な人達が、私の頭の中をよぎっていった。

「あ、見たかな。最澄と空海の番組。もう何度も見直したけど。その人の人柄とかが放送されているんだ」

「いえ、見ていない」

　捺ちゃんは立ち上がってビデオを触っていたが、触っただけだった。

「捺ちゃんが生み出す人になったらどうですか」

と私が言うと、

「前にも言ったように、僕って一つの事にのめり込むタイプなんだ。家の宗派だってあるし、キリスト教とか、別の宗派との付き合いもあるし、親と相談しなくちゃと思っているのだけど、僕って引き続きそれをやる人だと思うんだ。生み出す事は出来ない。ギターでも自分の曲を生み出して、売れないと思うよ。聞かせられないよ」

と捺ちゃんはいつもの謙遜《けんそん》した言い方をした。

「いつまでも待ってます。私の心に捺ちゃんの心の曲が届くまで、命消えても待ってますから」

と私は微笑んだ。捺ちゃんもまたそんな私にやさしく微笑んだ。

「また連絡してもいいですか」

「はい、連絡して下さい。ありがとう。送って行くよ」

と捺ちゃんは言った。

「いえ、いいんです」

「何でえ」

と捺ちゃんはちょっと甘ったるい声を出した。

「歩きたいんです。雨が上がって、空が明るくなってきたから」

「そう」

「はい」

「じゃあ、気を付けてね」

私は玄関を出た。捺ちゃんはとてもいい顔をしていた。私はずっと温かい心のまま、来た道を返した。晴天は何よりも私の心のようだった。

歩道橋

　それから二カ月の間、私は捺ちゃんに会うことは無かった。宙を見つめ世界を広げた捺ちゃんの影に身を寄せながら、自分の中で段々と固まっていく決意を確かなものにして、降り注ぐ陽の光に照らされ続けた。

　捺ちゃんに会うにしてもただ久しぶりで約束もせず、気の向くまま赴いて駅の公衆電話で捺ちゃんが捕まるまで待ち続けた。久しぶりの捺ちゃんの声がした。

「今、駅にいるのですけど」

と私が捺ちゃんの様子を伺うと、

「今日はこれから人と会う約束があって」

と捺ちゃんは静かな喋りをした。

「時間はとらせません。ただ渡したい物があるからその時間だけで」

「分かった。じゃあ、何処がいいのかな」

「メイン道路にある歩道橋はどうですか。駅の近くの」

「分かった。じゃあ、そこで待っていて」

と十分程歩道橋の下で待っていると、私がいる反対側の道から捺ちゃんは現れて、私に〝僕はここだよ〟という合図を手を上げて送ってきた。私は階段を駆け上り、上りきると渡りを駆けた。捺ちゃんがあと五段程で上りきる所で、私達は合流し、互いの足を止めた。私は賞状を手渡す格好で、手に持っていた包みを差し出した。捺ちゃんは一瞬驚き気味に私を見て、

「何?」

と言った。

「やっと出来ました」

「あ」

「上手く描けてないけど、渡したくて」

捺ちゃんは布を解いた。朝焼けの空に、緑の木々に包まれた、私が見惚れた、私が感じたままのギターを奏でる捺ちゃんの美しい姿の絵画だった。

「はずかしいなあ」

と捺ちゃんは私を見ながら微笑んだ。

「ありがとう。大事にするよ」

と捺ちゃんは言った。

「これだけですから。じゃあ」

と私が言うと、

「まだ、いいんだ。今日は本当に最悪で、あまり時間が空いてないんだ。でも約束の時間まではまだ一時間あるし」

と捺ちゃんは時計を見ながら喋った。紫色のトレーナーにジーパン姿で、捺ちゃんは夜の歩道橋の上から、次々と流れ来る車のライトの反射を浴びて、ふっくらとした頬はさらにふっくらと照らし出され、その存在を私の目に焼き付かせた。

「財布探していたの。何か奢《おご》ろうと思って。それで来るのが遅くなって。でも久しぶりだね、元気だった」

と捺ちゃんは言った。

「この絵を描き終わるまで会わないと決めて、だから連絡しなくてごめんなさい。また描いてもいいですか」

「描いて下さい。遠慮なく何でも。孫の代まで伝えるよ。嬉しいよ。僕の財産だ。本当に嬉しいんだ。僕もギター漬けだった。今日知人に仕上げた曲を見て貰うんだ。なんかさ、仕事よりもギターをやっている方が好きっていうのは情けないけど」

と捺ちゃんは言った。

「でもそれっていいと思います。個性を大事にしていて」

「うん、ギター一筋って感じ。本当は六月二十三日に連絡が欲しかった。パブでお金を取って回っていたんだ。この音楽を僕は広めたくてね、僕の企画で岸さんの二番弟子のギタリストの奥江さんのライブを、浜松の方に行ったりこの辺でやったりしていた」

「じゃあ、二十三日は捺ちゃんの初企画でしたの？」

「うん、そう。探したんだ」

「何を」

「君の会社まで行って、ぐるぐる歩き回った。歩いていれば会えるかと思って、でもいなかった」

「何処を探したんです」

「Ｊ会社」

「あそこじゃないです」

「違うの。どうりで見つからなかったはずだ。でも会えて良かった。今度来る時は連絡してね」

と捺ちゃんは笑った。

「ありがとう。わざわざ来てくれて」

と捺ちゃんは私を見た。

「わざわざ来ました」

と私達は微笑み合った。

「じゃあ、今日はこれで。ありがとう」

と捺ちゃんは言って私達は互いに背を向けて歩き出した。捺ちゃんが下まで降りた時私はまだ上にいて、私が上から手を振ると、捺ちゃんもやさしく手を振り返してくれた。

夜の闇へと捺ちゃんは小さく消えていった。

プロミス

　電車に乗っている時から私は困り果てていたのである。約束をして捺ちゃんの家に向かうという事が、これ程までの緊張を我に与えるとは思っていなかった。また捺ちゃんも、確実に私が家を訪ねるのを待っていてくれるという、らしくない人であった。押し掛けがどれ程楽だと思ったのは後にも先にもこの時ばかりである。

　玄関の呼び鈴を鳴らし、捺ちゃんの顔を見る瞬間まで、私の鼓動はドキドキと大きな音を立て、全身コチコチに固まっていた。

「ああ、どうも」

と捺ちゃんは待っていましたと言わんばかりの笑みを見せて、ドアを一杯に開けてくれた。七月に入ったばかりのこの部屋は額から汗が滴り落ちる程、蒸して暑かった。

「どうぞ」

と私は薄での白いカバーの掛かった座蒲団を進められた。

「これ見て。師匠の岸さんのCDの裏に、僕の撮った写真が載るかもしれないんだ」

と捺ちゃんは私の顔をじっと見つめて自慢した。私がその写真を見ていると、捺ちゃんは本当に嬉しそうな顔をした。

私は妙に照れくさかった。嬉しさと照れが重なって、捺ちゃんの目を見ると何故か吹き出すので、次第に捺ちゃんまで吹き出す始末だった。

私はハンカチが汗でべたべたになっていた。

「暑いですね」

と私が言うと、

「僕は暑さには強い方で、これ位は何とも無いけど、大学時代はもっと暑かったもんな。二年前、ここに聖哉が遊びに来た時、奥さんが網戸に気が付いたんだ。それまでは暑くて暑くてさ」

と捺ちゃんは当時の苦しそうな顔をして見せた。私は笑った。

「扇子《せんす》があるよ」

と捺ちゃんは言った。

「扇子」

と私が繰り返すと、

「そう、扇子」

と捺ちゃんも繰り返して立ち上がり、台所の隅にある小さな三段の引き出しから、真っ白な扇子を取り出して私に渡してくれた。私は両手を使って、折り目を一つ一つ解くようにして難儀していた。

「貸して、そうじゃない」

と捺ちゃんは立ったまま扇子を元通りに畳んだ後、親指で少し折り目を開けてザッと一挙に全開した。この間アルバムで見た大学時代の袴《はかま》姿の捺ちゃんが、今の捺ちゃんとだぶって見えた。

「捺ちゃん、ギター弾いて下さい。出来れば捺ちゃんの作った曲」

と私は立ったままの捺ちゃんに言った。捺ちゃんは一時しらけ気味に、またすぐにそれを忘れたかのように照れて、

「五つ曲を作ったんだけど、一つ目はコンサートに取って置きたくて。二つ目は悲しい曲だからもう二度と弾かない。三つ目は難しすぎて弾けない。四つ目はよく覚えていないんだ。五つ目はまだ未完成だから」

となんだかんだ理由を付けて弾かないと言った。しかし私のしつこい催促のせいで、

「ああ、そうだ、高校の時に、テープに取ったものを聞かせてあげるよ」

と折れた。

「確か、この辺にあったはず」

と台所の下の隅に置いてある、テープやペンや写真が無造作に入れられた箱の中を探し始めた。

「あれ、おかしいなあ。ここじゃないとすると、向こうの箱かな。ちょっと待ってて。あるはずだから」

と捺ちゃんはとにかく必死で、

「ない。嘘だろう。あれ、一つしか無いんだ。貴重なのに」

と五分程真剣だった。

結局一生懸命に探したテープは見つからず、捺ちゃんはギターを手にした。

「弾く気になっている今しか本当に弾かないから」

と少し強気で、楽譜を取り出し、椅子に腰掛けた。

捺ちゃんの指の左手はやさしく、そして力強く、細やかに動き始めた。右手はしなやかに、顔は観音様の様に、ギターを愛して曲を奏でていた。指は技術で、聞くのは心で、足はリズムを取り、頭の中は様々なメロディーが流れて、うっとりとする程、捺ちゃんは美しかった。そして一時間程弾き続けた後、捺ちゃんは顔を傾けて、

「言い訳になるけど、いつもは弾けるんだよ。緊張しちゃって、頭の中、真っ白なんだ。ほとんど最後の方、忘れちゃって」

と照れた。私は夏の季節、汗を止めた。いつの間にか気になっていた汗が引いていた。それ程私は捺ちゃんを心底見ていた。これ以上人を見つめた事の無い程、見ていた。

「ああ、ねえ、詩書ける？」

と捺ちゃんは言った。

「いえ、書いた事は無いです」

「そうか、残念だな。僕は詩を書いてギターを弾いたらと思ってる。さっき探していたテープ、あれは高校の時女の子が詩を書いて、青春系統の詩で、槙田君、曲作れる？

って言うから。ああ、まかしとき。って十分で作ったんだ。詩は忘れちゃったけど聞かせるよ」

と捺ちゃんは椅子から降りて床に胡座をかいて座り、フンフンフンと演奏と共に歌い出した。ほんの一メートル程も離れていない捺ちゃんとの空間。やさしくて奇麗な曲だった。

「緊張した時に、二、三詩のある曲を弾けば、この方がずっと緊張しないと思うんだ」

「どんな歌が好きなんですか」

「コーラスが好きなんだ。はもると自分の声がよく出てくる。この前、同窓会があって、槙田君あの曲覚えてる？　って聞くから、詩は忘れちゃったけど、覚えてるよ。じゃあ、私が歌うから、槙田君ギター弾いて。って弾いたんだ。凄く歌の上手い人なんだ。僕も頼まれて詩を書いた事があるけれど、僕の詩はメロディーが付けにくいらしいんだ。どちらかと言うと、青春系統の詩がいいんだけど」

「絵に添えるような文章なら書けるけど、時間かかりますよ」

「ありがとう」

「でも、捺ちゃんはどんな詩を書いていたんです」

「いやあ、恥ずかしくて、見せられないよ。本当に見ない方がいい」

と捺ちゃんは逃げた。

「本当、もっとギター弾きたいなあ。ずっと弾いてなかったんだ。仕事先の研究って、あまりそういうの好きじゃないから、研究らしい研究はしてないし、どうしよう」

と捺ちゃんは忙しい事を告げた。

「捺ちゃん」

「何」

「ファイト」

捺ちゃんは私の言葉にちょっと声をあげて笑った。

「あ、話したっけ。中指の先を怪我して気絶したんだ。槙田君、車回してって仕事先で言われて、はいはいって車を会社の入口まで回したんだ。車のドアを開けようとした時、中指の爪だけで開けてしまって、爪が半分まではがれて、血がドクドクと流れて、ずっと練習しているし、これでは一カ月以上指が使えないかと思った途端、血の気がさっと引いて、そのまま地べたに倒れたんだ。槙田君、大丈夫かって皆言ってた。ちょうど痩せかけていた時だったたし、あんまり食べていなかったからもあるんだけど、七キロ痩せたんだ」

「七キロ」

「うん」

私はどうしてだろうと思ったが、聞いていいものかどうか思い止めてしまった。

「ライブの当日に、もし爪が折れてしまったらどうするのですか」

と私は質問した。

「ピンポン玉を瞬間接着剤でくっつけるんだ。森川さんがライブの前日にそうなって、岸さんの所に電話で相談したら、ピンポン玉を接着剤でくっつけるといいって」

と捺ちゃんは襖に頭をべったりと付けて、ついにつぶやき始めた。

「大学にいる時、岸さんは大阪でギター教室を開いていて、僕が通っていた大学からは近くて、もしあの時、今のような情熱があれば、今頃は岸さんと対等にギターを弾いていたかもしれない。ちょっとした食い違いで、人生傾いてしまうものだな」

ともらした。

「だけど、その時捺ちゃんは忙しくて、とてもギターを弾く時間など無かったのではありませんか」

「うん」

と捺ちゃんは考えながらうなずいた。

「僕の指見て」

と捺ちゃんは私に手を見せてくれた。

「触って」

　私は戸惑いながら、捺ちゃんの指先に触れてみた。

「人差指の第一関節の所に豆が出来ているだろう。練習に練習を重ねなければ出来ない豆が親指にもあって、大体の人は指の先っぽの辺りに出来るのが普通なんだけど」

　私は捺ちゃんが喋り続けている間、ずっと手の先で指を触っていた。

「どれ位練習しているのですか」

と私は質問した。

「朝は五時に起きて二時間位、仕事から帰った後は三時間位。弾く時間が本当に無くてさ。この間曲を見せに行った仲間の音楽は、僕は好きじゃないんだ。ジャンルの違う曲はやっぱり駄目なの。やっぱりこれでないとね」

と捺ちゃんは下に散らばっている楽譜を拾いながらそんな事をさらっと言った。

「でも、どうしてこの音楽なんですか。言葉で言ったら何ですか」

と私は質問をしていた。捺ちゃんは私の言った言葉に覆い被さるような勢いで、

「凄く好きなのが分かるでしょう。純粋に言葉じゃなくて音なんだ。ギターに言葉なんて要らない。音を聞いて欲しいんだ」

と捺ちゃんは私の言葉に少し驚いたように応えた。私もまた捺ちゃんの迫力に驚きながら、その心の純粋さに感動を覚えた。捺ちゃんはすぐに落ち着いて、

「機材を買おうと思っているんだ」

と言った。

「三十万円位。ボリュームを上げればガラスが割れるよ。鼓膜《こまく》はどうだろう」

と窓ガラスを見た。

「将来はレコーディングするつもりなんだ」

と本棚の隣のステレオを見て静かに夢を語った。

白いポロシャツに紫の半トレパンで、足は白く細く、うっすらとすね毛を生やして、捺ちゃんは女性のようにしなやかに微笑んだ。

「今度八月十六日に森川さんのライブをやるんだ。ライブの前日森川さんが来て、ライ

ブの終わった晩は僕の家に泊まって、翌日森川さんは名古屋へ行ってライブをし、翌朝二人で落ち合って、T駅から東京へ行くんだ。受付の子を頼もうと思っている」

と捺ちゃんは私を見て静かだった。

「頼む」

と私は一言つぶやいて、頼む人がもう決まっているのだと思っていた。

「うん」

と捺ちゃんは私から目を離すことはなかった。私は頼まれた人がとても羨《うらや》ましくてならなかった。無上に羨ましかった。

「やります」

と私は捺ちゃんに向かって手を上げていた。私が上げたのでは無い。まるで誰かに上げさせられたかのような無鉄砲な行為だ。が、しかし意外にも捺ちゃんは一瞬とても嬉しそうにして手を差し伸べてきた。私はそれを見て、まだ誰に頼むのか決めていないと知って嬉しかった。私達はそこで生まれて初めての握手を交わした。捺ちゃんの手はサラサラとして、仄《ほの》かに温かくやさしかった。

「ありがとう。でも報酬は出ないよ」

と捺ちゃんは私と握手をしたまま言った。

「お手伝い出来るだけでも嬉しいのに、本当に私なんかでいいのですか」

「ありがとう」

「スタッフは他に何人ですか」

「他にYギターの戸田君っていうギターの詳しい人に。Yギターに行けば、一人位そういう好きなのがいるかもしれないと思って、見に行ってきたんだ。彼には頼んでみるつもりなんだ。それと、僕の同僚がやってもいいって言うから、それでも全部で四人だけれどもね」

「四人」

「うん、それでそこで君がする事は四時には会場に出向き、七時前からチケットの受付を開始し、九時頃コンサートが終わったら、CDを売って欲しいんだ。その隣で僕はサインを欲しい人の接待をして、森川さんがサインを書くから。リハーサルの準備をして、ライブ前には森川さんが散歩に出掛けるんだ」

「散歩ですか」

「うん、これは気分を落ち着かせるために。あ、しまった」

「六本の弦を五本と書いてる。馬鹿だなあ」

と捺ちゃんは何枚にも刷られた宣伝様のビラを手元にして、褄にもたれてうなだれていた。そして、

「九日にビラを配るから、直せばまだ間に合うか」

と言ってすぐに気を取り直した。

捺ちゃんは一枚その紙を取って、裏に会場までの道筋を分かりやすく書いて私に説明してくれた。

「大通りに出て左にずっと行くと陸橋《りっきょう》が見えてきて、そこを渡った所にあるから。分からなかったら電話して」

と私を見て言った。

「一週間に一度、最初は二週間位にしておこうと思うけれども、そこから徐々に広めていって」

と捺ちゃんはやる気満々で、次はいつやろうかと夢の実現を頭一杯によぎらせていた。

「じゃあ、捺ちゃん、その時に」

「どうしました」

「うん」

と捺ちゃんはうなずいた。

＊

帰りの走り出す車の中で捺ちゃんは、

「ギターは聞かせなければ良かった。自己嫌悪に陥ってしまった。橋の上から飛び降りるかもしれない」

と二度三度同じ事を繰り返しては、私の反応を伺うのであった。

「でも度忘《どわす》れしても、あれだけ弾けるって事は、相当練習していないと弾けませんよ。上手いって事ですね」

と私は言った。捺ちゃんは横断歩道で止まった時に私の方を向いて、

「それって、もしかして慰めてるんじゃない」

と言った。

「上手いって事ですよ」

と続ける私に、

「ね、ね、それって慰め」

と二人で笑った。

風を受けて

「ジーパンというのがスタッフの格好だから。受付の時にお金を入れるためのウエストポーチを持っているかな。それとTシャツ、Mサイズにしといたから。それからあ、知り合いとかに宣伝しといてくれないかなあ。思ったよりも人が集まらなくて」

「どれくらい来そうですか」

「今のところ六十人は確保したけど」

「分かりました。じゃあ声を掛けてみます」

「本当はもうちょっと早く電話が欲しかった。九日の昼から夕方にかけて戸田君とビラ配りをしていたんだ」

そんな電話をかけたのが、コンサートの前日の仕事を終わって、午後七時を回ってからだった。

＊

私は捺ちゃんがビラの後ろに手書きで書いた地図を鞄《かばん》にしまって、家を出てバス停まで急いだ。私がバス停で立っていると、顔見知りの人がそこで私を拾って駅まで乗せていってくれた。お礼を言ってホームへ向かった。

電車に乗り、捺ちゃんのいる町を通り過ぎ、終点の駅から別の線に乗り換えてM駅に向かった。夏の鈍行列車の窓は上がり開かれ、ほとばしる心地好い風が車内をくぐった。広々とした緑の田畑や川が見えてくる。M駅に近づいていくと捺ちゃんが用意した会場がドーンと目に呼び込んできた。

「え、あれ」

と私は振り向き様思わず驚きの声をあげて、半立ちになり開いている窓から顔を覗かせた。風が瞬く間に私の顔や髪に突き当たる。そしてそれを眺めながら捺ちゃんらしいと微笑んだ。それはとても大きなプレハブだった。

駅を出て地図を確認しながら大通りまでの道標をたどっていくと、途中自転車に乗った若い男性からM橋はどこにあるのか分かりますかと尋ねられた。分かりませんと私が言うと男性は頭を下げて、駅の方へと自転車を漕《こ》いでいった。私は歩いた。八月十六日という猛暑で、十五分程かかって会場に着くと全身汗だくで、十分程入り口に貼ってあるポスターを眺めながら手持ちの扇で顔をパタパタと仰いでいたが、どうにもこの暑さは額から噴き出す汗を止める事は無かった。そこへ突然音が流れてきた。私が捺ちゃんの家で聞いた森川さんのギターの音色だ。音のする方を見ると、それは私のいる入り口の場所から十五メートル程廊下を行った先にある大きな二つ扉の奥からで、私はもういるのかもしれないと少し緊張しながらその扉まで歩いて、それに耳を近づけてみた。そして意を決して恐る恐る扉を開けてみると、偶然なのかその戸口に髪の毛が天然パーマの小柄な男性が顔を現わして、私達は互いに「あ」とも出ない声をあげて互いを見合った。

「槙田さんに頼まれて受付をやりに来ました実吉です。よろしくお願いします」

と私は扉を持ったまま頭を下げた。

「戸田です」

と彼もまた開いた扉を手で押さえながら丁寧に頭を下げた。

「あ、どうぞ。今、音の調節をしているのですけど、中で座っていて下さい」

と戸田君はとても親切に私を誘導してくれた。私は一番後ろの椅子に座った。会場には窓が無くて、薄暗がりの照明が部屋の雰囲気をいいものに作り上げていた。十五平方メートル程の部屋の壁には幼児向けの絵がビーシに大きく描かれて張られ、ステージの隅にはピアノが置かれてあった。戸田君はステージの両側に二つずつ置いてあるスピーカーをあちらこちらと向きや形を組み替えては、客席の一番後ろにいる私の下までやって来て、

「どうです、音、そこまで響いてきます」

と声を掛けてきた。

「はい、聞こえてきます」

と私が言うと、

「この会場の作りは横に広いから、左右の音を響かせるのは難しいんです。聞く場所によって音が違って聞こえるんです」

と言ってまたステージへと上がるのだった。しばらくすると戸田君は調整が上手くいったのか、私の一つ開けた隣の席に着いて、私の方を見ながら、

「槙田さんとはどういう」

と聞くのだった。私は今までの経緯を簡単に話し納得して貰った。

「実は僕も槙田さんとは今日で三回しか会っていないんです。Yギターって所に僕は勤めているんですが、槙田さんはそこに行けば、一人位そういう好きなのがいるかもしれないと思ったらしくて、僕は初めは見学者だと思っていたんです。槙田さんって見掛けと違うよね。見掛けは大人しくて普通なのに、話してみると凄い行動派で考え方も変わっている。それでたまたま僕が槙田さんの接待をしたのがきっかけで、話しを聞くとそういう人を探しているって、それで僕が」

私はなるほどと、戸田くんと捺ちゃんの経緯を知った。

「Yギターの人を頼むという事は槙田さんから聞いていました。だけど、Yギターって私には良く分からない。どんな所ですか」

「Yギターっていうのは、生ギターを作っている所です。分かるかなあ」

と戸田君は言った。

「生ギターですか」

と私は手作りって事かなあ、と思った。

「槙田さんは何時にここに見えますか」

「五時には見えると思うよ。森川さんを駅まで迎えに行っているから」

「そうですか」

私は腕時計をちらっと見た。

「まだ時間がありますね。ジュースでも奢《おご》りましょうか、外に自販機がありましたから」

と私は気軽に戸田君に言った。

「そうですか、じゃあ、お言葉に甘えて」

と戸田君は私の何気ない好意に、軽く爽やかに受け応えた。

私達はノコノコと長い廊下を歩き、会場の扉を開けて外に出た。真夏の青空が広がっていた。二人で入り口のすぐ横に置いてある自販機まで行ってお金を入れると、

「僕、本当はこんなに早く来たくなかったんだ。これは槙田さんには内緒だけれどもね」

と戸田君は自分の買うジュースを選びながら言った。先にボタンを押した私は、下から出て来たジュースを取り出しながらそんな戸田君を見つめた。

「え、何」

と私は戸田君の言葉に少々面食らいながら、そんな愛嬌ある顔とくるくるの天然パーマを見てつい愉快になり噴き出してしまった。何故か初対面とは思えないような親しみの持てる人なのだ。

「ああ、いや」

と戸田君は呟《つぶや》いてボタンを押してジュースを取り出した。

「戸田君はいつからここに」

「僕は一時に槙田さんの所に行って、そこから槙田さんと一緒にここへ」

「一時は早いですね。私は受付だから四時でいいと。想像と違う場所だったから驚きましたけど。でも中はとても立派で」

「電車で来たの？」

「はい、私、ペーパードライバーだから」

「それはご苦労様」

　私達はそんな会話をしながらまたノコノコと会場の中へ戻った。椅子に座ってジュースを飲み始めて少しすると扉が開いて、そこへ捺ちゃんが笑みを浮かべながら静かに入ってきた。

「ああ、どうも」

と捺ちゃんは言った。少しすると森川さんも入ってきた。森川さんは小柄だがキャシャなので背が高く見える。森川さんは勢いよくステージへと歩いて、私とすれ違い様、突然大きな声で、

「おはようございます」

と言ったので、私は思わずその迫力に立ち上がり勢い呑まれて挨拶を返した。森川さんの心地《ここち》好いやる気が私を奮い立たせたのだ。森川さんはスタスタとステージへと上がって真中に備えられている椅子に座り、てきぱきと演奏の準備を始めた。戸田君はもう既にステージでコードの配置作業を開始している。そして私も捺ちゃんに呼び寄せられてステージへ上がると、あらためて森川さんの紹介を受け、再び捺ちゃんの指示で開演の準備に取りかかるのだった。

捺ちゃんが私の所に足を運んでくれたのは、時計が五時を指した頃だった。

「美絵ちゃん、もうそろそろご飯食べて来た方がいいかも。客が来る前に行ってきて」

森川スタッフと書かれたTシャツ姿の捺ちゃんが、七キロ痩せたという体を見せつけ

て、私の下にやって来た。

「はい、じゃあ、行ってきます」

と私はすぐに外へ飛び出した。お盆という事で周りはシーンとしている。町とは逆の道を行った私は随分と歩いて、それを止める事にして、唯一開いていた駄菓子屋に飛び込んでジュースとパンを買って会場へ戻った。会場に着いて食につこうとしたが、暑さで受け付けない。ジュースだけでもと思い、控室を借りて飲み始めると、

「実吉さん」

と会場のご主人が私を呼んだ。

「はい」

私はそこから立ち上がってご主人の顔を見た。ご主人はとてもかしこまって、

「槙田さんが呼んでいるようですよ」

と知らせてくれた。私は戻った事をまだ捺ちゃんに告げていなかったので、急いでステージのある部屋へ行った。

「食事、行ってきた？」

と捺ちゃんは聞いた。

「はい。それがお盆で店が何処も休みなんです。今日は散歩は止めて車の方がいいかもしれません。駅の方なら開いてると思うから」

「しまった。じゃあ、車で駅の方まで行くしかないな」

と捺ちゃんは腕を組んで考え込んでいた。私は受付の場所に戻った。そこへまたすぐに捺ちゃんが歩いてきて、

「森川さん、リハーサルが好きで休憩しないんだ」

ともらした。リハーサルはライブの始まる三十分前まで続けられ、またその頃になると客もぼちぼちと見え始めて、森川さんは衣装に着替えたり髪を整えたりと準備に追われ始めた。

　客席が満席となり、私も受付時の金額の精算を一通り終えてステージのある部屋へ駆け付けると同時に、一曲目が始まった。私は後ろに付けてあった椅子に腰を下ろした。

　一曲目の演奏が終わると、

「こんにちは、森川です」

と威勢のいい声が会場一杯に響き渡った。

波の音、潮風、呼び合う声、森川さんの音楽の中に私は思い描いていた。一つ一つ上

げてみたら物語は無限かもしれない。その中に飛び込んでいく森川さんの無限な心を思ったら、私にはそれが生きている事の素晴らしさに思えて、感動していた。

捺ちゃんはカメラを手にあちらこちらと会場内を我がものにして動き回っていた。会場の後ろの真中にセットしておいたビデオカメラを頻繁《ひんぱん》に覗き込んでは、また好きなカメラであらゆる場所から写真を撮り、曲が終われば力強い拍手をした。戸田君は後ろの方の席で客に混じって森川さんのステージを見つめていた。

*

森川さんのコンサートには師匠の岸さんのスタッフの方が二名駆け付けてくれて、コンサート後の打ち上げを共にする事となった。その方々の豊富なしぐさや話し方、またその人柄は、岸さんや森川さんを愛する事で全てがあるような温かい穏やかな魅力を私達に振りまいた。捺ちゃんは真っ直ぐな視線でそれを見つめ、神経を研ぎ澄まして全てに気を遣っていた。食事のオーダーからデザートへの気配り、また人を喜ばせるような気のきいたやさしい一言を全ての人に向けて、捺ちゃんは水ばかりを何杯も飲んで動き回っていた。時折森川さんのライブの続きのようなトークに歯を見せて笑っては、その隣で捺ちゃんと同じ顔をした戸田君が私には可笑しかった。

「市が出している月刊誌に、森川さんのコンサートの事を書いて貰ったんだけど」

と捺ちゃんは言って、

「しまったな。持って来れば良かった」

ともらした。

「あ、ある」

と私は鞄の中を掻き回した。

「一枚、ビラを槙田さんからいただいてましたから、それと、この月刊誌の記事とを合わせてコピーして、私も少しばかりですが宣伝しておきましたから」

と私は鞄からそれを引っ張り出して森川さんに渡した。

「さすが」

と戸田君は言った。

「お」

と森川さんはそれを両手で持って眺めた。

「やってもいいよ。とか、やります。って言ってくれた時、本当に嬉しかったもの」

と捺ちゃんは森川さんを見て言った。私はそんな捺ちゃんを見つめていた。すると森川さんが頭を下げて、

「ありがとうございます。ありがとうございます」

と私と戸田君を見て言った。

*

時刻は一時を回っていた。がらんとした駐車場に私達は森川さんを中心に立っていた。藍色の夜空が一面に広がって私達を取り巻いていた。森川さんは一人一人にコメントを残し握手を交わして、

「じゃあ、槙田君、明日」

と言って車に乗ってそこを去っていった。ホテルに泊まるらしい。捺ちゃんは戸田君と私と同僚の方を車に乗せて、そこで森川さんに書いて貰ったサイン入り色紙を私達にくれて、そして運転をしながら、

「考えさせられちゃった。もうくたくた。ビールでも飲みたいよ」

と一人テンション高く喋り続けていた。最初に私を降ろすと何を思ったのか、行き止まりの一本道に突き進み、バックでその道を引き返して、また元来た道を走り出した。私は笑いながら、そんな捺ちゃん達を見送った。

　夜中、真夏のひんやりとした空気が気持ち良かった。

神《み》籤《くじ》

十月に入ると私は方々へ旅に出たのだが、その中の一つの出来事が、こんなにも大きく私の心を乱してしまうとは……。

私は高校時代の友人と東京へ出掛けた。それは友人が声優のオーディションを受けるための付き添いではあったが、私にとっては珍しい見学をさせて貰ったと嬉しい限りの旅であった。四ツ谷、浅草へと繰り出し、隅田川では橋の上から船の屋根の上で作業をする数名の人を眺めながら、陽気のいい日をほのぼのと過ごしていた。なんて事はない、ただの遊び心から浅草のある寺で軽く神籤を引いただけの事。だがこれが、私を大きな不安へと陥《おとしい》れようとは全く考えもつかぬ事であった。そこには大切な人が離れていくと書いてあった。私は神社の階段を下りながら顔面蒼白になっていくような気分だった。今の私には捺ちゃん以外考えられない。夕方友人は銀座にあるオーディション会場へ向かい、日帰りで私達は岐阜へ戻ってきた。

*

十一月になって、私は捺ちゃんの所に電話をした。

「もしもし、実吉です」

と言うと、

「あ、槙田です。結婚する事になりました」

といきなり捺ちゃんはそんな報告をした。前にも増して私は息が止まりそうだった。胸がドキドキと苦しくて、それでもそんな気持ちを抑えて冷静さを装った。

「おめでとうございます」

「ありがとう」

「いつですか」

「三月」

「念願が叶いましたね」

「うん、やっと」

「あ、でも、びっくりした。私は捺ちゃんはずっと結婚しないと思っていたから」

　私はやっと息を吹き返して喋った。

「それって、どういう意味。僕って、結婚出来ないように見られていた訳ね」

　捺ちゃんもやっと冗談っぽい口調になった。

「いや、その」

と私も笑った。

「十月に友人の紹介で会って、最初はそんな気は全くなかったんだ。けど友人が会うだけでも会ってみろよって勧めるから。会ってみたら、偶然話が合って、自分でも驚く程トントン拍子に話が進んで、いいのかな」

と捺ちゃんは呟くようにして言った。

「え」

「どう思う。結婚してもいいのかなあ」

と捺ちゃんは答えは出ているのに、許しを請《こ》うようなふりをした。

「いいんですよ」

と私は微笑んだ。

「縁なんですね」

と呟いた。

「縁なのかなあ」

と捺ちゃんはとぼけた。

「捺ちゃん、今決めないと、一生結婚出来ないもん。いいんですよ」

と私は言った。

「うん」

「聖哉さんは何て」

「うん、おお、良かったな。捺舞の選んだ人なら間違い無いって言ってた」

「どんな人」

「とてもさっぱりとしていて素直な人だよ。音楽もやっていいって。僕より二つ下かな。

二十四日に縁があるんだ。僕の祖母がもう十年前に亡くなっているんだけど、その祖母が隣の家の叔母さんの夢枕に立ってね、やっと捺舞が結婚する事になりました。よろしくお願いしますって、頭を下げたんだって。叔母さんが言いに来てくれたもの。もうずっと寝たきりで、早く御暇しなくちゃね、早く御暇しなくちゃねって、僕が行く度に言ってた。何言っているの、僕の結婚式の晴着姿見るんだよ。って言っていたんだ。二十四日に亡くなったんだ。結納も二十四日だったし、結婚式も二十四日だし、縁があるんだ」

と捺ちゃんはちょっと思い出しているふうだった。

「そうですか。本当に良かったね、捺ちゃん」

「ありがとう」

「それから、今日は奥江さんのライブの場所を教えて頂きたくて」

「うん、市役所の隣のグレーの建物の五階なんだ。眼鏡屋の近く。分からなかったら電話して」

「電話してもいいのですか」

「いいよ。まだ結婚した訳じゃないし」

「じゃあ、また、電話します。それじゃあ、お休みなさい」
「お休み」
私は受話器を置いた。まだ胸が苦しかった。放心状態とはこの事かと思いながら、仕事帰り、暗闇の中を家路へと歩いた。

……

神籤は神道に結び付いていて、何もかも私の事はお見通しときているように、私の大切な人の事、ちゃんと知っていましたね。運命は幾つあるのだろうと思いました。捺ちゃんと会えて絵が描けた事も、昔、恋をしていた事も、これからの縁も、仕事や、趣味やその中で一生連れ添うのも、一生残るのも、出会いは運ばれた命なのだと。ただただ不思議な出会いでしたね。好きという一途な気持ちが恋とは別の意味で突っ走り、少し宝物を持って、それを大事にしていく捺ちゃんを、少し遠くに感じながら、類と類とが交われば、どれだけ大きな力が生まれるかを教えて下さった捺ちゃんに、やはりいつもながら感謝しています。今以上、輝いて下さい。

ためらい

どんな調子でどんな声で、捺ちゃんに向かえばいいのか分からない。どんなに空の色を晴れやかな色調にしても、海を穏やかな始まりに表わしてみても、もう何も捺ちゃんに届くものはない。素晴らしい景色でさえ、私には何でも無くなってしまったような気がする。太陽の陽射しがこんなに空しく思えるのも、私の中に失望が芽生え始めているせいかもしれない。全身の力が抜けて、立っている事が辛いのだ。心臓がドキドキと鼓動を打っている。目の前の白いゆりだけが私の目に飛び込んできて、その他の事はもうどうでもいいように、駄目な自分がいて、自身を失って、うなだれているだけの苦しい時間がこのゆりと共に脳裏に刻まれてゆく。私は手紙を書いた。捺ちゃんに手紙を書いた。そして全部埋め尽くされたスケッチノートをもとに作った画集本と手紙を一緒に、青いバックに入れて捺ちゃんの家に向かっていた。

その夜、留守伝が出るのを期待して受話器を耳にした。

「はい、槙田です」

と捺ちゃんは誰だろう、という様な観察力で言葉を発してきた。

「実吉です」

と私は言った。

「ああ、嬉しい。連絡が取れないんじゃないかと思って、もし、電話がかかって来なかったら君のいる会社まで行こうかと思っていたんだ。結婚するって言ったから、気を遣って電話しないのかと思ったんだ。でも本当嬉しい。今、見ていてさ」

「分かりました」

「うん、窓を開けたら、青いバックが置いてあって、開けたらまずいだろうし、困ったなと思って、警察に電話しようかと思った」

と捺ちゃんは笑った。私も笑った。

「郵便受けに入らなかったから、窓側に置いておいたんです」

「ありがとうと言いたい」

と捺ちゃんは言った。

「捺ちゃん、手紙も入っているの」

「手紙」

「うん」

　捺ちゃんは手紙を探し出して、それを呼んでいるらしかった。しばらく言葉が途切れて、

「なんか、もう、これで、終わりの様な感じだね」

と捺ちゃんはポロッと言った。

「いえ、とりあえず、感謝の気持ちを手紙に書いただけで、だってこれから先、言う機会が無かったりすると、後々後悔するでしょ。先にありがとうございました、って伝えておきたくて。捺ちゃんのライブだって行くし、お坊さまの格好だって見たいし、連絡もするし」

「そう」

「うん、ずっと見ていたいから」

「来年の九月にしか坊さんの格好出来ないんだ。今年はもう連絡するには遅いから」

「そうですか。ちょっと残念。その時の写真を送って下さいね」

「うん、分かった」

「それと、奥江さんのコンサートでまた会いましょう」

「うん、そうだね」

「じゃあ、お休みなさい」

「はい、お休み」

私は受話器を置いた。始まりとも終わりとも言えぬ気持ちがそこにあった。

*

一月は雪が降ったり止んだりで、私が四時にその会場近くの駐車場に入った時は、まだぼた雪がちらほらと空から降りてくるだけだった。五階にある会場に入っていくと、奥江さんはもうとっくにリハーサルを始めていて、そこに捺ちゃんが入ってきて、奥江さんに私を紹介した後、捺ちゃんは長椅子に座って仕事の書類を捌《さば》き始めていた。

「捺ちゃん、そんなもの持ってきて」

と私がその横に座ってしかめ面をすると、

「これ、明日までに提出しなければならないんだ」

と捺ちゃんはおもしろそうに私を見ては照れ顔を作った。

「奥江さんの曲、とてもやさしくて素直ですね。奥江さんって二十歳位ですか」

と私は言った。

「違うよ。僕より一つ年下なんだ。とても真面目な人。この人の音楽が一番聞きやすいんだ」

と捺ちゃんは言った。私は捺ちゃんの隣に座しながら、

「捺ちゃん、仕事は」

と聞いた。

「昼で早退してきた」

と捺ちゃんは笑った。

「捺ちゃん、お土産があるんです」

「何」

「靴の形をした栓抜き。十月にいろんな所を旅行してね、かわいいのを見つけたから買

ってきたの。捺ちゃんは白色」

捺ちゃんはその奇妙な柄に戸惑いと、また受け入れられないぎごちなさを表わしてそれをじっと眺めていたが、

「ありがとう」

と一言言って、鞄にしまった。

「今日、戸田君は」

「戸田君は仕事が終わってから来るって。七時には来られるらしいよ」

と捺ちゃんは言って、書類を終わらせた。

六時になると、

「じゃあ、美絵ちゃん、ちょっと出てくるから、後頼むよ」

と捺ちゃんと奥江さんはコーヒーを飲みに会場を出ていった。三十分程経つと客がぽちぽちと見え始め、七時近くになると仕事を終えて駆け付けた戸田君も、ふっくらとした継《つ》ぎ接《は》ぎ模様のセーターを着て現れた。戸田君は私の横に付いて、アンケート用紙を客に渡したり、また会計を手伝ってくれた。

「戸田君、お土産があるの」

と私が鞄の中をごそごそと掻き回していると、戸田君はただじっとそんな私を見ていた。

「はい、戸田君は青色の靴形をした栓抜き。さっき捺ちゃんに色違いの白をあげたんだけど、とても奇妙な顔してた。ちなみに私は赤色なの」

と私がそう言って栓抜きを戸田君に渡すと戸田君は、

「ありがとう。僕って缶しか飲まないんだけど、これから瓶も飲むようにします」

と言ってくれた。

七時近くになると捺ちゃん達は戻ってきてスタンバイをしていたが、七時を回っても一向にライブを始める気配を見せなかった。捺ちゃんに尋ねると、まだ来て欲しい人が来ていないから、と言っていた。

私と戸田君は入り口に一番近いソファーに座って、客が後から来てもいい体制をとった。

「僕も歌を歌うんだ」

と戸田君は私を見て言った。

「歌を?」

私はちょっとびっくりした。

「うん、ＣＤも出したんだよ。一応、全曲オリジナルで。二年前、大学を卒業する時にね、記念にと思って作ったもので、さだまさしさんみたいな感じの曲だけど」

「わあ、凄い。それ聞いてみたいなあ。今度持って来て貰えますか。買いますから」

「うん、分かった」

「だけど、歌を作るって難しいのでしょ。私も詩を書いた事があるのだけど、書くだけでも難しいのに、それに曲を付けるとなると、なかなか上手くいかないですよね」

「曲を先に作って、後から詩を付けるんだ。でないと出来ない」

と戸田君は首を横に振りながら、考えるようにして言った。

「いつから詩を」

「小学校二年生位から」

「好きなんですね」

「うん。実吉さんはどんな詩を」

「私は画集に添えるちょっとした詩を書いてみたの」

「画集って、出版したの」

「うん、ついこの間」

戸田君はちょっと驚いて、

「やられたね」

とつぶやいた。

「その画集、今度持ってきてよ。買うから」

と戸田君は言った。私はうなずいて、

「戸田君も忘れないでね」

と言った。

「ああ、そう、僕、槙田さんの結婚式に呼ばれたんだ。僕は今年もう三つ目の結婚式に出るんで、お金がかかってつらいなあ」

と戸田君は言った。

「私は女だから呼ばれないみたい。男になれればなあ」

と私は本気で思って言った。

　七時十五分になると奥江さんはステージへ上がり、捺ちゃんはカウンターの席に腰掛け、そして演奏は始まった。

　何てロマンチックなひとときだろう。小波に寄せて人の人生の物語が流れていく。少女が眠りに就くまでの子守歌、本当の心。私たちは奥江さんの曲に頬杖をついて恋こがれる。夜の月が壁一面のガラス窓を通して奥江さんを照らして、その世界へと私達を導いていく。隣で戸田君がうつらうつらと頭をこっくりこっくりとさせて眠っていた。捺ちゃんは足でリズムを取っていた。アンコールになると奥江さんは招待した客の中に誕生日の方がおられますと言って、ハッピーバースデーの曲を披露した。静かな空間に、心に曲だけが、流れていくひとときだった。

*

私は精算に追われ、戸田君と捺ちゃんは機材を下の車まで運ぶ作業に追われていた。大きなスピーカーを運ぶ時、捺ちゃんと戸田君とが二人がかりで持ち上げて部屋から出たが、エレベーターの所で捺ちゃんは私を見て、

「押してくれるかなあ」

と言った。

「はい」

と私は素早くエレベーターのボタンを押しに行った。そして、

「それって」

と言うと、

「うん、機材は自前なの。例の」

と捺ちゃんは言ってエレベーターに乗った。

片づけも済んで外に出ると、夕方から夜にかけて降った雪が五、六センチは積もっており、私は車のエンジンを掛けて窓に積もった雪を溶かすまでにだいぶ時間がかかってしまった。様子を見に来てくれた戸田君に助けて貰い、なんとか駐車場から出て、戸田君に誘導されながら打ち上げの店に向かった。

森川さんの時と同じレストランへ入って、私達は四人座りのテーブルに落ち着いてオーダーをした。

「八時間位はプロだと練習しているんですよね」

と戸田君は奥江さんに聞いた。

「ええ、まあ」

「奥さん、嫌がるでしょ」

と捺ちゃんは言った。私が、

「嫌がらないですよね」

と言うと、戸田君は、

「いやあ、嫌がるよ」

と一言言った。やはり奥江さんも嫌がられていると言った。その後しばらくの間は私の分からないギター用語が並んで話が進んでいき、そんな中私は、捺ちゃんのあくびを見続けていた。口が歪《ゆが》んで、あくびをしたいのを堪《こら》えた感じの。

「疲れましたか」

と私が尋ねると、捺ちゃんは、

「何が疲れたかって言うと、奥江さんが泊まれるように、あの散らかっている部屋を掃除した事」

と言って皆を笑わせた。

「二千二百円の所を千五百円も会場代として取られて、ほとんど手元に残らなかった。どこかいい場所ないかなあ」

と捺ちゃんは言った。

「どこかのコンサート会場ではやらないんですか」

と聞く私に、

「自分たちでやりたいんだ。誰かの力で動くライブではなく、自分たちで何もかもやりたいんだ」

と捺ちゃんは言った。そして、

「この地区でのコンサートは君が仕切って。僕がいなくても」

と捺ちゃんは戸田君を見て言った。戸田君はうなずいた。そして私を見て、

「戸田君がここでは代表してやってくれるから、僕が結婚後岐阜の方へ行っても来てよ。社員だよ」

と言った。私はその言葉が大変嬉しかった。

寛大で、明るくて、行動力があって、人気者で、私達はそんな捺ちゃんを愛した。本当に好きな事に就いて、やさしい幸せそうな顔をして、私の周りの人は皆そうだ。食事を終えると捺ちゃんはいち早く、

「第三段に向けて、頑張ります」

と一言言って立ち上がった。

天【結婚の義】

金龍目覚める時、天命司る　天界に龍が舞う。類と類が結合する時、一つになった魂は光多き矢を放ち、地上に舞い降りた。明朝天空余韻名残《なごり》惜しくも普段に戻り、心で見て感ずる人の心面影のみ残し、それを一瞬とする。

手の温もり

　K町からT町に抜ける途中、左側に屋根が紫色をした煙突のある可愛いらしい飲食店が見えてくる。四時にここに来るように言われた私は、四時半になっても、時計が五時を指しても、未だ誰の姿も現れない事に多少の焦りを覚えていた。仕方なく車を飛ばし、戸田君の仕事先まで行くが、もう昼には仕事を終えて早退したという。捺ちゃんの家まで行ってみても、やはりいなかった。私は車で行ったり来たりしながら、もう一度誰もいないだろうと思う元の場所に戻ってみる事にした。そこの駐車場の入り口で漸く戸田君を見つけた私は胸を撫で下ろした。戸田君が近づいて来たので窓を開けると、戸田君はとても小さな声で、

「ちょっとトラブルがあって、会場が変わったから、前、森川さんがやった会場でやるから行って。もう槇田さんも師匠の岸さんもいるから」

と言った。

「戸田君は」

「僕はここでお客さんにお詫びをするから、ライブが始まるまでには行くよ」

とささやいた。

戸田君は次々に来るお客一人一人に丁寧に頭を下げて会場先が変わった事、またそこまでの手書きの地図を手渡していた。その戸田君には誰しもが好感を抱くだろう一種の魅力を充分に持ち備えていて、私は少し後ろ髪を引かれる思いでそこを離れた。戸田君から貰った手書きの地図を頼りに、初めて見る道を車で飛ばした時、捺ちゃんも同じ道を走っているんだと新鮮な気持ちで受けとめてはいたものの、実際はとんでもない場所へ出てしまったものだと内心ドキドキとしていた。

駐車場に車を入れて会場内に入ると、捺ちゃんの姿が見当たらないのでまた外に出た。すると駐車場で捺ちゃんは車から降りた所だった。後ろ向きでごそごそと車の中を探っている捺ちゃんに私は安堵の気持ちで近づいた、捺ちゃんは私に気づき振り返った。

「ああ、どうも。ごめんね。車で来たの」

と言った。私は自分の車を指さしてみせた。捺ちゃんは私がここまで車で運転してきた事について少し驚いているふうだった。そして、

「岸さん、中にいるから」

と言った。

「捺ちゃん」

捺ちゃんは私を見た。

「これ、結婚式の時、渡しそびれたから」

と私は花束を差し出した。

「ありがとう」

と捺ちゃんは快くうなずいて、それを車の後ろに置いた。

「でも、今日はどうしてここに」

と私が問うと、

「僕も突然の事で」

と会場の中へと歩き出した。

「僕が旅行する前に戸田君を連れてあそこまで行ったんだ。何日にコンサートを開きますのでよろしくお願いします。って確認のためにもう一度頼みに行った時は名刺まで渡して、握手もして、向こうも分かりましたって言ってくれたのに、僕の旅行中に突然マスターの気が変わって、金儲けにしか思えないだとか怒りだして、僕は二時に空港に着いて真っ直ぐこっちに向かったけれど、その時に初めてその事が分かって、本当はもうライブ止めようかっていう話にもなったんだけど、ここに電話したらたまたまご主人が在宅で助かったよ」

と捺ちゃんは背の低い私に屈むようにして話してくれた。

中では岸さんが舞台に立ち、リハーサルをやりながら、もう既に客も入っていた。受付は捺ちゃんが一人で全てを終わらせ、私は会場の外で少しぶらついていた。そこへ捺ちゃんがやって来て、

「何、戸田君を待ってるの」

と言ってきた。私は外の空気を吸っていただけだったが、コクリとうなずいて、何故か心細く、そのままそこにいた。

時計が七時を指したので会場の中へ入っていくと、今しがたビデオカメラのセットを

終えた捺ちゃんが私に、

「ここのご主人に、もうそろそろ照明を消して貰えませんかって頼んで」

と繊細な声で言った。私は随分時間をかけてご主人を捜しだし、

「すみませんが、照明を消して貰えませんか」

と頼んだ。

「はい、かしこまりました」

とご主人は明るく素直な返事をして舞台裏に入っていった。

　そこへ戸田君が入ってきた。

「ご苦労様でした。もう客足は止まったの」

と聞く私に、

「うん、もう来ないでしょ」

と戸田君は言った。そして会場の外の薄暗い廊下で立ち止まって、

「ああ、そうだ。ＣＤ忘れちゃったよ。コンサート終わったら取ってくるよ」

と言って舞台裏へ入っていった。

　中は暗く、ステージだけが照らし出されていた。そこで私が見る限りでは一言も言葉

を発しなかった岸さんが、

「頑張ってきます」

と私達に向けて声を発した。これが岸師匠だった。私が後ろの壁に付けてある椅子に移動するとすぐに曲は流れ始めた。私は何故かしら、今までの心細さや緊張感が解け出して、ただただ岸さんの凄さに圧倒された。

故郷の甘い果実は夏の香りを漂わせ、今も尚同じ季節を伝え続ける。旅の繰り返し、月の光、太陽、風は全てを揺らして、聞かせてあげるよ。と言わんばかりに問い掛けてくる。

時折、捺ちゃんが私の隣に来て、そんな岸さんをじっと眺めた。まるで捺ちゃん一人のライブであるかのように、捺ちゃんは好き放題写真やビデオを撮り、拍手をして会場をうながし笑った。これが人を見ている時の捺ちゃんだった。

何かで満たされる世界へと飛び出していく捺ちゃんを私は見ていた。

アンコールも済み、客が出て行った後、客だと思っていたアメリカの方四人が、時折にっこりと私に微笑んで会場の片づけを一緒にしてくれた。

一足先に会場を出てCDを取りに帰った戸田君とは、いつもの打ち上げの場所で会う事となり、事が終わると続いて私達はご主人に一言お礼を言ってそこを出た。

捺ちゃんの友人のアメリカの方々は、捺ちゃんが呼び寄せたタクシーに乗り込み、私達もそれぞれの車に乗り込んだ。横断歩道で車が止まると、捺ちゃんは自分の車から降りてタクシーの所まで歩いて窓をコンコンと叩き、お金をその中のキャッシーという女性に手渡していた。そして朗らかな顔で自分の車に戻るとまた運転を再開した。CDを取りに寮まで戻った戸田君が私達よりも先に駐車場で待っていて、私達は軽い挨拶を互いの車内から交わした。岸さんと捺ちゃんとキャッシーさん達は次々と店の中へ入り、遅れて私は自分の車のドアを閉めた。歩き出すと、戸田君が店の少し手前で私を待っていてくれたのには嬉しく思った。

「そんなに持っていくの」

と戸田君はおかしそうに言った。私は両手に荷物を一杯ぶら下げていた。

「おかしいかな」

「おかしいよ。店に入るだけで袋を三つも下げて」

「うん、でも」

と私はこれでいいのだという気持ちを伝えた。

「前から思っていたんだけど、君って変わっているよね」

「そうかな」

「森川さんのライブの時も、普通は森川さんを撮るよね。なのに槙田さんばかり写真のシャッターきってたもの」

「うん、捺ちゃん、好きなんだあ」

戸田君は知っているよ、っという顔で歩いていた。

「戸田君のも撮ったよ」

と言うと戸田君は「はいはい」とうなずいた。

「戸田君、CD持ってきた？」

「うん、ちゃんと持ってきたよ。君はちゃんと持ってきた？」

「うん、たくさん持ってきちゃった」

私達は店のドアを開けた。店に入ると捺ちゃんが私達を手招きした。窓側にキャッシーさん達四人が一列に座り、対になって捺ちゃん、岸さん、戸田君、私の順に座った。まずオーダーをして、次に捺ちゃんが私と戸田君の分もと用意してくれた色紙に、それから私達がそれぞれ買ったCDに岸さんがサインをしてくれて、それぞれが岸さんと握

手を交わした。食事が運ばれてくる間、捺ちゃんは岸さんに、

「次はいつ頃開かれる予定ですか」

とやさしい眼差しで見つめていた。捺ちゃんが素直に人を見つめて、捺ちゃんでいられる人。それが岸さんだった。私は戸田君にCDを見せて貰い、自分の画集を渡した。

「五冊あるから知人にでも配って下さると嬉しいんですけど」

「お金は」

「お金は要らない」

「でも僕のCDも買って貰う訳だし、買うよ」

「じゃあ、一冊だけ」

「いくらするの」

「千円」

「僕は二千八百円だから、千八百円でいいよ」

「うん。あ、細かいの無い。四百円足らない。後でいいかな、お勘定する時に大きいの崩して貰うから」

「うん、いいよ。君は配っているんだ。僕は全部で三百枚作ったんだ。残りの十枚のう

ちの一枚を君にあげる訳だから、もう貴重かもしれない。結構貴重だな。二百九十一枚売りさばいたんだよ」

「私のは未熟だから売れないよ」

そんな話をしていると、知らぬ間に捺ちゃんが私達の背後に来ていた。

「頼むからあげないで、恥ずかしい」

と捺ちゃんは渋い顔をして私を見て言った。

「もう、あげてしまいました」

と言うと捺ちゃんは、

「ええ」

と少し引いた顔をして諦めた。私はそんな捺ちゃんを見てくすっと笑った。捺ちゃんがモデルの画集だっただけに、当然だったかもしれない。

食事が済んでから私は鞄の中から、結婚式の時に戸田君に頼んで撮って貰った写真【ミニアルバム】を取り出して、目の前のキャッシーさん達に見せた。キャッシーさん達は大喜びでそれを眺め、戸田君や私がその写真に登場してくると私達をさして、実物と写真を見比べて喜んでいた。それを見ていた捺ちゃんがキャッシーさんの隣に割り込

んで座り、

「結婚式が済んで直ぐに旅行に行ったから、写真見るの初めてなんだ。僕、写真写り悪いから心配だったけど奇麗に撮れてるね」

とページを捲った。そして、

「これいいね、引き伸ばそう」

と捺ちゃんはそれを持って、誰もいない隣のテーブルに移動して一人それを眺めていた。

私は捺ちゃんの隣に行って、

「素敵な結婚式でしたね」

と捺ちゃんに話し掛けた。捺ちゃんは少し驚いて私を見上げた。

「私は少し見ただけだけど、あんなにたくさんの押し掛け人に囲まれて、ほのぼのとしていて、温かくて。捺ちゃんの結婚式が見られて本当に嬉しかった。ありがとう、捺ちゃん」

捺ちゃんは椅子に深く座り直し、写真を両手に持った格好のまま微笑んだ。

「本当は式に呼べなかった人達は入るはずじゃなかったんだ。前日になって向こうの知人が花束を持って特別に入る事を知って、じゃあ槙田さんもどうですか。っていう事で決まったんだ。式の入場の時のシーンを見た？」

「いいえ、捺ちゃん達が入ったら直ぐにドアが閉まっちゃったから」

「そうか、包みを叩いてそれに合わせて入場したんだ。あれは聞いているだけで感情が込み上げて来るくらい感動したんだ。本当は神前式の時に流れて来るような曲で入場したいと希望したんだけど、あれは失敗すると恥ずかしいらしくて、難しいからと言われて」

「あの時、真面《まとも》に喋れなかったから。捺ちゃんのそばに行ったら泣けてきそうだったから、だから、少し遅いけど言います。心からおめでとうございます。ずっと伝えたくて苦しかった。本当におめでとうございます」

　捺ちゃんはちょっと下を向いた。

「でも、美絵ちゃんに見て貰って嬉しかった。美絵ちゃんに見て貰って良かった。本当に嬉しいんだ」

と捺ちゃんは私を見上げた。

「ビデオ見せて下さいね」

「うん、出来るだけ多くの人に見て貰おうと思っているから、そのうちに」

「友人と式場まで行ったのだけど、捺ちゃんの奥さんがあまりにも奇麗だったから驚いていました。私、友人に言ってやったんです。捺ちゃんが奇麗だから、一緒になる人もあれ位奇麗じゃないとね、って」

捺ちゃんはちょっと笑って、

「そんな事は無いよ。でも喜ぶよ」

と言った。

「捺ちゃんの理想の人でしたか。捜し続けて見つけた人は」

「うん、僕は恵まれた人だよ。とても素直ないい人でね、本当にいい人に巡り会った」

「新婚旅行はどうでした」

「雨が降らなくていい所だった。近くに友人がいて、遊びに行きたかったけど、まあ今回はね。僕、英語出来るから、結構頼られて嬉しかったよ」

「良かったね、捺ちゃん」

捺ちゃんはとても満足そうな顔をしていた。

「アパート、捺ちゃんが住んでいたアパートに他の人が住んじゃうなんてね」

と私は言った。

「うん、四月に引き払うんだ。来年の四月まで誰も入る人がいないって、管理人さんが怒っていたよ」

と捺ちゃんは笑った。

「あの電話番号も、もうお終《しま》いになるんですね」

「うん」

捺ちゃんは微笑んだ。

「写真のネガ、これ送ってくれないかなあ。引き伸ばしたいのもあるし」

そこへ戸田君が、

「戸田、撮ってこいって言うんです」

と振り向いて笑った。それからは皆で写真を撮って過ごしていた。

時計が十二時を回った頃、私達は席を立った。キャッシーさんがまずレジの近くに立っていた捺ちゃんに話し掛け、少しの間互いに笑顔で話をしていたが、じきに会計場に向かった。私はそれを待って捺ちゃんの前に向かった。捺ちゃんは私を見て、それから右手を差し伸べた。

長い握手だった。

両手でしっかりと捺ちゃんの温かい手を握った。

「いろいろとお世話になりました。心配掛けさせちゃったね」

と捺ちゃんは私をやさしく見下ろした。

「いえ、こちらこそ、いろいろとありがとうございました。捺ちゃん、幸せになって下さい」

と私は捺ちゃんを見つめた。

「幸せになって下さい」

捺ちゃんは繰り返した。

「幸せになるのは捺ちゃん」

と私は驚いて言った。捺ちゃんは私を見下ろしたまま、

「だから、僕の幸せを君に分けてあげる。幸せになって」

と温かい言葉を私に向けてくれた。

「ありがとう、捺ちゃん。捺ちゃんの笑顔は皆を幸せにするよ。捺ちゃんに会えて良かった。また呼んで下さい」

と私は言った。捺ちゃんは私の言葉に少し戸惑っていた。

「大事なスタッフだから」

と捺ちゃんは言った。

「もう、会えない訳じゃない。また手伝って下さい」

と私を見つめた。私は胸を打たれた。捺ちゃんの言葉に心温まっていくのを感じながら、

「はい」

と言った。つながれた手の先に少しの力を加えて捺ちゃんの手を握った。捺ちゃんも指先で軽く私の手を握り返した。長い握手だった。温もりの、そしてさよならの、思い出の握手だった。熱い握手だった。最後に微笑んでくれてありがとう。と私は心の中でささやいて、そしてその手は離れた。

手が離れて私と捺ちゃんは会計場に向かった。そこで捺ちゃんは岸さんがそれぞれに色紙にサインしてくれた物を見せてと言って、私と戸田君の色紙を両手で持ってじっと見つめていた。そしてうなずくと私達に返してくれた。キャッシーさんの仲間のカッサルという青年が、レジの横に配列してあった直径二センチ程、長さ三十センチ程の筒型をしたガムを見つけて喜んでいたかと思うと、それを手に取って、その勘定はキャッシーさん達に任せてガムの筒の蓋を開け始めた。そしてそれを皆に差し向けた。次々と手

が出る中で私は捺ちゃんの次にそのガムをちぎった。捺ちゃんはまず少しガムを取り、食べられると分かると、また手を出して今度は大きくちぎった。

「不味い」

とカッサルさんが渋い顔をして首を横に振っていた。私はとても幸せだった。こんな青春のあるはずのないような光景が、自然に私の中に流れている事がとても幸せだった。

扉を開けて私達は駐車場に出た。そして結構長い間別れを惜しんでそこに立っていた。捺ちゃんはもう私を見る事は無かった。キャッシーさんや岸さんを見ていた。私が声を掛けなければもう遠い人だった。捺ちゃんは岸さんをホテルまで送るために車に乗り込み、私と戸田君もキャッシーさん達を車でアパートまで送った。

キャッシーさん達を降ろすと、戸田君は車ですれ違い様私に声を掛けた。

「お金、四百円頂戴ね」

私はすっかり忘れていて、

「あ、ごめんなさい」

と言ってお金を渡した。

「がめつくって、ごめんね」

と戸田君は言った。私は笑った。

「帰り方、分かるよね」

「うん、大丈夫」

「じゃあね」

「うん、じゃあ」

と私達は離れた。

雪の舞

四月に入ってからも、温かく陽の射す中で、時折雪が宙を舞っているのを、私は季節外れの雪だと、この部屋から眺めていた。物語が私の手で一枚の偶像化した絵画に化かしてゆくように、雪は美しく奇麗で、やがて消えゆくだろう春の訪れと共に、今瞬間を華やかに舞い続ける。落ちては消え落ちては消えゆく新しい季節の中へと溶け出して、何もかもを永遠の模様にする。私は一生分の心をたった一枚の絵画に注ぎ込んで、時折チラチラと見せられる雪に心を奪われながら、ここ何日も痛めた指先で筆を動かしていた。空っぽだった自分からの脱出であった。仕事先で誤って指先を斬った時、何故か痛みよりも感情で泣き崩れた時の情けなさを、そのまま愛情に変えて描いていた。少し涙ぐみ濡れた頬も、捺ちゃんを見て込み上げる感情も、捺ちゃんが特別な人である事も、何も変わらぬまま、私は絵画に向かった。ただこの曲さえこの部屋に流れていればいい。今まで自分の目で見て心で聞いた曲があれば、それだけで私はいつまでもこの世界へ戻って来れる。会いたくて仕方のない気持ちも、こうして絵画に向かっている間は安らいでいられる。ふと寂しくなって、まるで悪夢でも見ているような、明日からの日々さえ希望が持てずにつまらなく思えてくる現実にも、今まで捺ちゃんが私に行動でもって教えてくれた、ちゃんとして生きていく事の意味を思い出すと、失いかけた気持ちも幾度か取り戻す事が出来た。

そんな私に唯一出来る事は、捺ちゃんに誓う事だ。捺ちゃんの輝かしい笑顔に誓う事だ。五十年後、百年後、捺ちゃんが伝えて行こうとする音楽を私なりに伝えよう。そのために今を生きている人々や、この時代を愛した私自身を、一生消えないように、決して消えぬように、やさしく美しい木立の中で光っている、美しさそのものを現実にした捺ちゃんを、捺ちゃんが私の心の中で永遠である限り、私が私である限り、私はこの時代を伝えていこう。時代が変われば住む人も移りゆき、やがては存在すら消えてゆく世代に、私はたった一つの宝物を命の証として、世界へはばたかせよう。

一ひら二ひら鏤《ちりば》められたる雪の舞よ
この静寂をおびただせながら
尚も積もりゆく
心の様に思いだけを漂わせ
雪の舞よ
この世界はあの人の心まで届いていますか
同じ世界に思いを寄せていますか
一ひら二ひら鏤められたる雪の舞よ
人は流されながらも
誰かを求め自分でありたい
うまく伝えられず
時が隔たり消えゆく日も
いつか本当の自分になる
そう願いながら
いつもこの季節を迎えるのです

黄《たそ》昏《がれ》

捺ちゃんから葉書を貰ったのは、私にとって長く切ない一年が過ぎた夏の日の事である。私は岐阜のあるコンサートホールへ足を運んだ。今回は森川さんとドイツのエリータ氏が二人でコンサートを行なうという。スタッフは森川さんの大ファンという京都に住んでいる南さんという男性と、捺ちゃんの姉さんと、私と戸田君、それから森川さん専属のスタッフの方という。電車に乗り、タクシーに乗り換え、私は特別な気持ちで小雨の中を、会場へ向かった。

まず驚いたのは、今までとは全く趣が違うという事だった。プレハブだのパブだのとは違って、ちゃんとしたアーチストを迎える為の設備の整った、天上の高い立派な煉瓦作りの広々とした美しい建物だった。入り口に向かい合わせにそれぞれ扉があり、初めて行く私は左の扉を開けて、レストランへ入ってしまった。引き戻って今度は右の扉を開けると、また少しして扉があり、そこを開けて漸く捺ちゃんらしいセッティングの、何処からか持って来たらしい、この場所にそぐわない長机が私を幾らか安堵の気持ちにさせてくれた。

そこでは少し年輩の男性が机の上のパンフレットの整頓に追われており、私はその方に、

「あの、槙田さんに頼まれて来ました実吉と言います。槙田さんはおられますか」

と尋ねた。その方は、

「ああ、あちらに」

とちらっとステージ裏への扉を指さした。その矢先にそのドアがスウーと開いて、中から捺ちゃんが猫背で歩いてきた。捺ちゃんは、

「ああ、どうも」

と私に軽く挨拶をした。

「紹介します。こちら南さん。森川さんの大ファンの」

と私に言った。

「実吉です」

と私は改めて頭を下げた。

「捺ちゃん、私は何をすれば」

「うん、南さんと一緒に、いつも通り受付を。椅子があるからここで支度をしといてね」

と言ってステージのあるホールへ入っていった。

「よろしくお願いします」

と私は挨拶をして椅子に腰掛け、南さんの指示に従って支度を始めた。

時刻は六時を打つと、そこへスーツ姿の女性の方が現れて廊下をうろうろとし始めた。

私は近づいていって、

「あの、何か」

と声を掛けた。その女性の方は私と南さんに向かって、

「槙田捺舞に頼まれて来たのですが、捺舞の姉です」

と言って丁寧にお辞儀をした。

「私も槙田さんから頼まれて来ました、実吉です。よろしくお願いします」

「南です」

と私達は互いに自己紹介をした。

ここの廊下には幾つかの白い椅子が置いてあり、捺ちゃんの姉さんはその受付から少し離れた椅子に腰掛けた。その愛らしい姉さんと私は話がしたくなって、頭を下げて姉さんの隣の椅子に腰掛けた。

「今日はよろしくお願いします」

と私は再び頭を下げ、

「槙田さんは、昔はどんな子供だったのですか」

と尋ねてみた。

「捺舞ですか」

と姉さんは愛らしい顔をもっと愛らしくて、

「とても変わっていましたね」

と言った。

「昔、小さい頃は野球選手になるんだって、野球選手になる為には、今これをしなくてはならない、なんて言って、私達とはちょっと考え方が違うというか、夢みたいな事ばかり言って」

「そうなんですか。槇田さんには本当に良くしていただいて、凄くやさしい方ですよね」

「でもね、うちの子供から見ると、怖いみたい。私は小さい時から見ているから、あれが普通だけど、うちの子供から見ると、随分厳しい事言っているみたいで、捺舞叔父さん、怖い。って言いますね」

と笑った。姉さんも捺ちゃんに負けない位魅力のある人だった。

六時半を回ると最初の客が受付に来たので、私は南さんのいる受付場所に戻った。初めは大人しく座ってやるつもりでいたが、客足が多くなるにつれ落ち着かず、南さんと二人、立ち作業を始めていた。ざっと百人程受付を終わらせた頃、何も言わず呆然と立つ男性がいたので何だろうと思って顔を上げると、あの天然パーマのひょうきん顔をした愛嬌ある戸田君が私の目の前に立っていた。

「ああ、戸田君」

と私は歓喜の声を上げた後、一メートル程も離れていない戸田君におもいっきり手を振ってはしゃいでいた。

「ああ、どうも。僕は何をすれば」

と戸田君は私を見上げた。

「ただここに居てくれればいいです。それだけで心強い」

と私が興奮醒めぬ調子で言うと、

「ああ、そう」

と戸田君は私の横に移動した。客が途絶えた時、南さんが席を外して、また客が来ると戸田君が気を利かせて南さんの代わりを努めた。

「戸田君、痩せましたよね」

と私が話し掛けると、

「いや、変わってないよ。それより、僕の方が最初誰だか分からなかったよ。受付に来て気付かなかったもの。誰だ、この人ってね。だいぶ痩せたね」

と戸田君は愛嬌ある顔を覗かせた。

そこへ捺ちゃんが受付の机を隅に移動させるから運んで欲しいと、戸田君と南さんにお願いしに来た。私は椅子を運んだ。その新たな場所で私がお金の精算を始めると、いつも通り頭の中がこんがらがって、隣の椅子に座った戸田君が、

「相変わらずだね」

とおかしそうに笑ってアドバイスをしてくれた。

「戸田君、ここは私がやるから、中で森川さんのライブ見てきていいよ」

と私は言った。廊下にはビデオテレビが置いてあり、もう始まっているのが分かった。

「いいよ。元々手伝いをするつもりで来たのだから」

と戸田君は爽やかに言ったが、

「見ておいでよ。戸田君もギターを扱うアーチストなんだから」

と私が追い立てると、

「そう」

と言って戸田君はそこから立ち上がり、ホールへ入っていった。そこへ捺ちゃんがやって来て、

「家に五、六枚、予約券があるし、お金は合わないと思うけど、合わなくてもいいから」

と私の横に椅子を持ってきて座った。

「捺ちゃん、子供が生まれたら、写真下さいね」

と私は何気なく言った。

「六月に子供が生まれたんだ」

「子供、え、聞いてない。聞いてないよ、捺ちゃん」

私は何故かとても不安で焦って、動揺が隠せなかった。

「聞けるはずも無かったけど」

「うん」

「でも、去年もここでライブをやっていたなんて知らなかった。森川さんの方からは連絡がないから分からなくて。戸田君に、君、いなかったな。って言われて。今度からはちゃんと連絡して下さいね」

「うん、美絵ちゃんから全然連絡来ないし、していいのか分からなくて。電話とか葉書で連絡すればいいのかな」

「はい、お願いします。去年も来ないし、十二月は岸さんのライブが名古屋であったけれど」

「え、僕知らない」

「え、その時も捺ちゃん来てなくて、岸さんに、今日は槙田さんは。って聞いたら、槙田君、招待状出しといたんだけど、来てないね。って言うし、結婚しちゃうとこんなもんかって」

捺ちゃんは首を横に振った。

「岸さん、この頃冷たいんだあ。ライブの葉書もくれなかったし」

「十二月は森川さんも、そのスタッフの方々も前の方の席を陣取って、結構盛り上がっていましたよ」

「え、森川さんも」

捺ちゃんは驚いていた。

「奥江さんは、……来てなかった。大丈夫、捺ちゃん仲間外れじゃないから」

と私はおかしそうに笑った。捺ちゃんも私の顔を見ておかしそうに笑った。

「今、バーでライブをやろうと思って話をしに行ってきたんだ。そしたらこれががらんでいるから、止めておき。ってママが言うんだ」

と言って捺ちゃんは頬に人差指を上から下に撫《な》ぜてみせた。

「ここは随分素晴らしい建物だけど、会場代、一万円って訳にはいかないんでしょ。南さんが言っていましたけど、高いって」

「うん、十万。森川さんとエリータをただで呼ぶ訳にはいかないから、ここで取った売り上げを上げて、だから赤字だよ」

「捺ちゃんはいつも損ばかりして」

私は久しぶりに捺ちゃんの目を見つめていた。そこへスタンバイ前のエリータ氏がやってきて捺ちゃんが写真を撮ろうと言い出し、南さんを含めて一緒に写真を撮った。森川さんが会場から出てくるとエリータ氏が私達に目で、行ってきます。と合図してステージへ上がっていった。捺ちゃんも中へ入った。私は森川さん、姉さん、南さんと一緒に写真を撮り、そして演奏が始まると皆で中へ入った。私は一番後ろの席に腰を下ろし、捺ちゃんは相変わらずあちらこちらと動いて写真を撮り、戸田君は後ろの方の席でエリータ氏の喋りに耳を傾けていた。

エリータ氏の洋楽は私に旅の気分を味合わせながら、周りの人々の様子を目に焼き付かせて流れていった。音は天上高くに響き渡り、私はその音の行くてを見上げていた。ギタリスト達は、常に黄昏を持って、心の中を音に変えてゆくのだろうか。何もかもを悟っていながら、さらに見つめ続けて、やがてまた別の季節を歌うのだろうか。何処までもエリータ氏のギターの音色は私の心に染み続けていた。

ライブも終わりに差し掛かった頃、捺ちゃんが私に近付いてきて、

「エリータのライブが済んで、森川さんがステージに出てきて挨拶をしたら、この花束

をエリータに渡してくれるかな」
と言って私に赤い大きな花束を渡してきた。
「腰のお金の入ったポーチは預かっておくから、頼むよ」
と言った。
「何て言って渡せばいいんですか」
「エリータさん、エリータさんって呼んで渡せばいい」
私は承知した。捺ちゃんは今度はこの間打ち上げの時に一緒だったキャッシーさんの
隣の席に座ってひそひそと話をした後、桃色の花束を渡していた。キャッシーさんが私
の方を振り返って笑ってくれたので、私も笑った。
森川さんがステージへ上がって挨拶をした後、捺ちゃんが私を見てうなずいたので、
私は席を立って前に進み出た。キャッシーさんも私の後に続いて花束を抱えて歩き出し
た。ステージ前で私は必死にエリータ氏の名前を呼んで、振り向いてくれた所で花束を
差し出した。エリータ氏は近づいて屈んでそれを受け取って、
「Thank you」
と言った。キャッシーさんも森川さんに花束を渡して、私達はそこから離れた。席に戻

って行くと南さんが私の顔を見て、

「良かった」

とうなずいてくれた。

*

帰り支度が済むと姉さんが「お先に失礼します」と言って会場を出ていった。

外は小雨がぱらついていた。私はそこから階段を途中まで下って皆が出て来るのを待っていた。そこに戸田君が緑の傘をさして現れたが、傘の骨が一本折れ曲がっていて、私はそんな愉快な格好をした戸田君に思わず噴き出してしまっていた。

「傘、折れてるじゃん」

「うん、折れてる」

戸田君は私よりも階段を下りて私を見上げていた。

「打ち上げは行くの」

と私は聞いた。

「うーん、何か席が無いって言うし、どうしよう」

「戸田君が行かないんだったら、私も止めようかな」

「じゃあ、行くよ。あ、何で来た？」

「電車」

「送っていこうか」

「いいの」

「ついでだし、いいよ」

「ありがとう。じゃあ、お言葉に甘えて」

「うん、いいよ。ついでだから」

と戸田君は言ってくれた。

そこへ捺ちゃんが荷物を持って出てきて、この会場の下の駐車場まで階段を一気に駆け降りていった。そして後から出てきたキャッシーさんや森川さんやエリータ氏に、打ち上げの行き先を告げると、自分は後から行くから先に行くようにと告げた。私達は十一名で大通りに沿った道を歩いて、ある古風な店の前に着いた。そこへ捺ちゃんが車で現れて私達は店の中へ入った。中は薄暗くて夏には持ってこいの涼しげな感じのする下が石作りで、日本の庭をイメージしてあるかのように見えた。私達は椅子を確保すると食事を取りながら、外国と日本の文化の違いや食品の栄養面について、またギター店の話し等をおもしろ可笑しく陽気に喋り、そして深夜一時を回ると店を出て、爽やかに別れを告げるのだった。

南さんは捺ちゃんの家に止めて貰うのだと捺ちゃんの車に乗り込んだ。捺ちゃんが車に乗り込むと、私は捺ちゃんに近づいていって手を差し伸べた。二十二歳になってからの初めての握手だった。捺ちゃんの手は温かかった。

「ありがとう」

と捺ちゃんは言った。南さんは顔をにょっと出して、

「思い存分、槙田さんの家に泊まってきます」

と笑顔を作った。

「ありがとうございました」

と私も一言お礼を言った。捺ちゃん達は去っていった。私も戸田君の車に乗せて貰い出発した。少し行くとキャッシーさん達が道路に沿った道を歩いているのが見えてきた。

戸田君が私に、

「手を振って」

と言ったので、私は言われるままに手を振った。相手も皆揃って手を振り返してくれて、
その者達を追い越すと私は正面を向いて、

「振ったよ」

と戸田君に言った。戸田君は少しうなずいた。そして車を走らせながら、

「どの道から帰ろうかな。この道でいいや」

と言って車を飛ばした。急なカーブに差し掛かった時突然、

「僕、アメリカに行くんだ」

と戸田君は突拍子もなくそんな事を言って私を驚かせた。

「え、アメリカへ」

私は一つ一つ現実にしていく戸田君の力が羨ましくもあったし、また遠くへ行ってしまうという寂しさもあって、そのショックを隠しきれずにいた。

「うん、今年の十一月にアメリカへ行くんだ」

と戸田君は私の方を振り返って言った。

「一応、東京の方で試験に受かって、希望としては十一月って事で」

驚きすぎて言葉の出ない私に戸田君は、

「行けると思う今しか行けないからね。ここは僕の居場所じゃ無いっていうか、エリータもギターはアメリカで生まれたって言っていたじゃない。今の会社の続きで、とりあえず一年行ってみて、その後もしアメリカに残りたいのなら、残ってもいいって事だから、どうなっているか分からない」

と言葉を続けた。

「君だって、そうだよ。何かしたいと思っていてもしないのは可笑しいよ。泳ぎたいと思ってて、プールの前で、でも、やっぱし。ってためらっているようなもの。そんなんじゃ、一生それで終わっちゃうよ。せっかくいい体験をしているんだから、もっと自分をアピールして、それを活かさなきゃ。まず何かをする。すると自然と人が集まって、人と人とが付いてくる。僕もこのままだといけないと思ったから、外国に行くんだ。今しか行けないと思ったから」

私は戸田君の言葉が心地よく、またずっしりと心に響いてきた。そしてこの姿勢こそが人生の中でもっとも大切な事なのだとも思った。他にも戸田君は私に気を利かせてか、運転中はずっと休む暇無く喋り続けてくれた。話の内容は、結婚は文化と文化の衝突だから喧嘩もあるけど、それは当たり前。したいのだったら、まずすればいい。と率直な話。

「それと、月一でライブをやっています。良ければ来て下さい。詳しい事は手紙で送ります」

と言ってくれた。家の近くに着いてからも戸田君は喋り足りない様子で、夢中になって話をしていた。私はこうやってしっかり生きなきゃ、と言ってくれる人も初めてだったし、またそれがとても何故か嬉しかった。

「戸田君には徳分がある」

と私が言うと、

「天から与えられたものだ」

と戸田君は言う。そして、

「ありがとう」

と私は車を降りて戸田君を見送った。

心

アメリカへ発つまでの五カ月間
あなたのひと声で
私はあなたに向かっていた
空っぽだった私には
それはとてもやさしくて
それはとても温かくて

車を走らせ、山を越え、道沿いの喫茶店

夜の暗さの中に、ぽつんと一つの明かり
車を止めて中に入ると
温かい照明に木の香りがただよって
私はそっと席につく

頬杖ついてあの人の流れる曲を聞いている
トークに笑い、トークに迷う
この温かい雰囲気の店に、ポツポツの客足
チューニングをしているあの人が
窓に写る光景
外ではコスモスが夜風に吹かれている

ハーモニカの音、ウクレレの響き、ギターの温もり
マスターが厨房から顔を覗かせる中、あの人の
お久しぶりです、一カ月ぶり。からステージが始まる

マイクを手に持ち、明るめの茶髪、相変わらずの細い目で笑う
あなたの声が店中に響き渡る
曲が終われば水を一口、チューニングとトークが入る
目をつむっている
目を開けている
温かい声が人の心を穏やかに包み込んでいく

そして握手をして
またライブに来るね
ってドアを開ける
スバルの星もあんなに光っている
と夜空を見上げるあなたがいて
そんな幸せの繰り返し

だけど、あなたは言っていましたね

寂しいと呟いた私に
一期一会って訳ではないけれど
人生の中の一瞬であると
新たな旅立ちを夢見ながら
捨てて下さいそんなものと語りました

捨てれる訳はないけれど
だけど時代は過ぎて行くものだから
いつか終わりもあるよね
だけどこれが私の全てだから
これが全てだから

あなたが去った日
私も飛び立つ為に
翼を広げ羽ばたく勇気を持とうと誓いました

心

あなたが天から与えられた命を全うするように
あなたを心の支えにして
私もこの世界を掛けめぐりましょう

一つの事を続けるって
とても大切な事だよね
また会える日が来るなんて
それは夢のまた夢だけど
でもいつでも必要な時には
会える奇跡があると
信じているから
またどこかで
巡り巡って迎えた朝に
光に包まれた柔らかな心で
一つのあなたというシーンに・・・

さよなら
遠いアメリカへ旅立ったあの人
さよなら
今頃何をしていますか

坂をのぼりながら

部屋に陽の光が差し込む小春日和、一枚の葉書が私の手元に届いた。それはもう何年も途絶えていたはずの、懐かしいまでの捺ちゃんの癖のある文字で書かれた温かい言葉、遠い思い出の私の心だった。そこには後一カ月足らずの私の二十五歳になる誕生日が刻まれ、槙田捺舞ギターライブと印刷されてある。

その頃には私ももう新しい生活を始めていた。三年という月日は私を別人に変えてしまったかのように、結婚こそはしていないが恋人も出来、仕事をしながらの毎日をそれなりの仲間と共に楽しく過ごしていた。それが自分にとっての幸せなのかどうかと問えば、なあなあの生き方のような気もするが、何もかもを振り切っての他に術を知らない自分なりの生き方だった。ただ幸せなのは、奇跡が自分に起きてくれた事、たった一つのそれだけの事であるにしろ、もう永遠に消えてしまう瞬間の出来事にしろ、この私にささげられた奇跡は人生の最大の幸福である。

しかし、いつしか私は心をかき乱して、当時の様々な記憶を脳裏一杯によぎらせていた。まるで物語の続きを待ち望んでいるかのように、無造作に放り投げていたスケッチノートとペンをアトリエから取り出し、それを胸に抱え、どうする事と無く、ただじっとそれを抱きしめていた。

*

あの日、捺ちゃんを初めて見つけた時の様に、私は見渡しても誰もいないこの朝の公園の中を、自分に吸収するかの様に、エネルギーを呼び込むかの様にして見尽くしていた。珍しかったあの幹の斑な木は、今もまだここで王様の様にどっしりと腰を据えて立っている。私はベンチに腰を下ろして、当時描いた絵を見つめた。この絵の明るい雰囲気とは裏腹に、もう誰もいないがらんとした公園。それは当然の事ながら、それを認めてしまうには、まだ自分には葛藤が生じて、全てが信じられず、未だに首をもたげるばかりだった。何も無くなっていく時間の流れが、その時に受けた敗北感が、その時に起こった物事一つ一つが私には重かった。

日一日、私から遠ざかる人々は、夢を追い希望に満ちて、先へ先へと人生を栄光に輝かせ続けている。私だけここにいて留まって、先が見えずに、何をやっているのだろうと思ったら、まるで生きていないような、それでもちゃんとして生きて行かなければならないのかと思うと、なんて無意味な中に宙ぶらりんにしがみついているのだろうと、空しく、取り留めようが無いのだった。いったいどれだけの日々を過ごせば、我を満たす事が出来るのだろう。いったいどれだけの景色を眺むれば、我の定まりを知り得るのだろう。長く遠い果てしない時代は過ぎ去り、それでも私は旅を繰り返して、答え無き答えを見い出さなければならないのか。

私はスケッチノートを閉じ、その静かな朝の公園を出た。駅までの爽やかな道路沿いのフェンスのある歩道、まだ薄暗い陽の光の中、止みかけた雪が、ほんの少し緑の葉を濡らして。私はそんな風景に心を晴れやかに和まされつつ、景色の中に消えゆくように静かに歩いた。

昔なじみの駅、電車に乗り次々と変わる景色は、私が緊張しながら捺ちゃんのアパートに向かっていた車内での姿を思い起こさせてくれていた。胸が一杯になり、思わず零れてしまう涙を、私は人目を気にして拭い取った。けれども拭っても拭ってもどんどん涙は零れて、私はドアに寄り添う様にして顔を俯《うつむ》かせていた。捺ちゃんの住んでいた町が見えてきた。建物で隠れて見えるはずの無い捺ちゃんの住んでいたアパートを、あの辺りかな、と思いながら必死で目で追っていた。そんな自分が何故か嬉しかった。

電車を降りて、小麦色の秋の穂の乱れ咲く田畑の中へ足を踏み出す私は、赤い靴を履いて風に吹かれていた。後ろ姿で振り向く事も無く、その顔を私に向ける事も無く、電車の中から、私はそんな自分を想像していた。私が土産に買った、捺ちゃんが白で、戸田君が青で、私が赤の栓抜きの、あの赤い靴。それぞれの新たな道を知っていたかのように、それぞれの色を持ち、私は私の色を歩いていた。道端に咲いている草花が切ない程に私にはやさしい季節となる。もっと素直に自分を生きなければ。全てが一からの繰り出し。出会いも感動も涙も。子供が走り回ったり、笑ったり、無邪気に自然と解け合う姿から、全てが始まっていく様に、例えそれが、弾け合う命の結果に終わろうとも、どうなろうとも分からない人の道を探して求めて、我もまた行こう。

今度は本当に電車を降りた。だがまだ私の頭の中は幻想の自分でいた。直ぐに坂に差し掛かって、そこをのぼって行くと、ふと隣に戸田君が歩いているのに気づく。戸田君の心が私にささやきかける。戸田君の存在がある。捺ちゃんが駆けてくる。様々な人達をすり抜けて、長い坂を渡って、近くなる青空が私を眩しく照り出してくれる。留まる事の無い人の、その心だけが留《とど》まれる坂の様だ。信じられない力の抜けた私の心も、弾んだ心も、今までの全ての事が、この坂をのぼって行く度に、映像が、心が、言葉が、そして私自身が満ちあふれている思い出坂。

止まってはいけないんだ。分からないけれど、止まる事だけはしてはいけないないんだ。世界へ飛び出していくんだ。

＊

のぼりきった所に、茶色い煉瓦《れんが》作りの立派な建物があった。その扉を開いて中へ入って行くと、奥からメロディーが聞こえてくる。私はどんどん歩いて行った。奥の部屋の扉を開いて、中を見渡すと、そこはちょっとしたコンサート会場だった。少し胸が一杯

になりながらステージを見上げると、

「ああ、どうも。来てくれてありがとう。元気だった？　何、今日はお客として来てくれるの。それともスタッフとして来てくれるの」

と照れくさそうに、口をもごもごと動かすリハーサル中の捺ちゃんが、相変わらず夢の人だった。

あとがき

『ピンクローズ』初作本に引き続き、『春の兆し』二作目を出す事が出来て大変嬉しく思っています。ピンクローズが私の少女時代の象徴ならば、『春の兆し』は少女から大人になるまでの心の動きを表わしています。まだ弱くてそのくせ外に飛び出したくて、豊かな経験をどこまでも追い求めていく心の動きです。そしてその中で出会っていく様々な人とのふれあいを通して教えられ、または導かれ、上手くいかない葛藤やらを、人生とは何か、といつも頭の中に置きながら書いてみました。自分の中ではもう答えの出ている人生観でも、この『春の兆し』を書いてみて改めて知らされ考えさせられる人生観でもありました。本当にいっときの瞬間が、人生にとってどれだけ大切なものなのか、そしてどんな姿勢で生きていくべきなのか、まだ大人になりきれていないこの私が、心にいつも留めておきたいと思う『春の兆し』です。

この小説は、真実と想像とが入り混じられて書かれています。戸田君という存在は名前こそ違いますが、本当にアメリカへ渡り、真のギター作りに熱中している若者です。雑誌に載っている姿からも彼の温厚さが伺われます。自主制作でアルバムも何枚か出し、ライブもひらいて、彼は町の人気者から世界へ飛び立ちました。やはり私の人生の中でかけがえのない人と言ってしまいたい人です。

捺ちゃんとは、私がもっとも尊敬する方なのです。もし彼に出会わなければ、私の今までの人生は本当に全く成長のないものだと思うくらい、偶然に出会ったけれど、私には必然であった。雲の上の人だけれど、いつも仰いでいた。そんな捺ちゃんを素直に書いてみました。

制作者の名達がスクリーンを通して
エンディングテーマと共に流れていく
私の心を奪ったのは
たったこれだけの事でした
映画を見た後の余韻に浸る思い
とはまた一味違う
強く振るい立たせる思い
私はこれからも憧れていく
多分、ずっと、永遠に
それが私だから……

粋至《いきし》　淳子《じゅんこ》

本文中の「天地我子」は『故事成語名言大辞典』著者鎌田正・米山寅太郎の中の「天知る、地知る、我知る、子知る」より参考、引用致しました。

天知《てんし》る、地知《ちし》る、我知《われし》る、子知《しし》る［天知《ル》、地知《ル》、我知《ル》、子知《ル》］

天と地と私と君が知っている。人の目の届かぬ所で不正を働いても、必ず露見することのたとえ。『後漢書』楊震《ようしん》伝では、「天知《てんし》る、神知《しんし》る、我知《われし》る、子知《しし》る」となっている。◇四知《しち》

後漢の楊震が東萊《とうらい》郡の太守となって赴任する途中、昌邑《しょうゆう》の町を経過したところ、町長の王蜜《おうみつ》が、「今は夜ですからだれにも気づかれません」と言って十斤の黄金を賄賂《ろ》として差し出した。楊震は、「天と地と私と君が知っている。知る者がいないなどと、どうして言えようか」と言って断った故事に基づく。

［資治通鑑、漢記］（漢書、安帝。永初四年）時《ニ》（楊）震年已《すでニ》五十余、累《シ》遷荊州刺史・東萊《とうらい》太守《ニ》、当《タリ》之《ゆくニ》郡《ニ》、道経《ヘタリ》昌邑《ヲ》。故所《もとノ》挙《ゲシ》荊州茂才《ノ》王密、為《たり》昌邑令《ノ》。夜懐《ふところニシ》金十斤《ヲ》、以遺《テおくラントス》震《ニ》。震曰《ハク》、「故人知《ル》君《ヲ》、君不《ルハ》知《ラ》故人《ヲ》、何也《ソやト》。」密曰《ハク》、「暮夜無《ナレバ》知者《シトル》。」震曰《ハク》、「天知《ル》、地知《ル》、我知《ル》、子知《ル》。何謂《ヲカ》無《ハンヤト》知者《シトル》。」密愧《はヂテ》而出《ヅ》。

春の兆し

2000年12月1日　初版第1刷発行

著　者　粋至《いきし》　淳子《じゅんこ》
発行者　瓜谷　綱延
発行所　株式会社文芸社
〒112-0004　東京都文京区後楽2－23－12
電話03-3814-1177（代表）
03-3814-2455（営業）
振替00190-8-728265

印刷所　株式会社平河工業社

ISBN4-8355-1124-7 C0093